숨비기 그늘

숨비기 그늘

초판 1쇄 발행 | 2023년 12월 11일

지은이 | 김형로
펴낸이 | 황규관

펴낸곳 | (주)삶창
출판등록 | 2010년 11월 30일 제2010-000168호
주소 | 04149 서울시 마포구 대흥로 84-6, 302호
전화 | 02-848-3097
팩스 | 02-848-3094

ISBN 978-89-6655-171-2 03810

* 책값은 뒤표지에 표시되어 있습니다.

부산문화재단

이 시집은 2023년 부산광역시, 부산문화재단 '부산문화예술지원사업'의 지원을 받았습니다.

숨비기 그늘

김
형
로

시
집

삶창

시인의 말

그것은 모두 그늘에서 벌어진 일이다

깊게 수렁진 그늘 아래

어쩌다 파편처럼 살아남은 사람들이

거대한 껍데기를 받치고 있다

살아졌다고……

21세기에도 이렇게 말해야 한다

안부를 묻기 미안한 시절에 시를 부친다

당신, 부디 안녕하신가

김형로

차례

2부 속절없었기에 다시 핍니다

3부 이팝꽃 진 자리 사람이 시작되고

4부 큰 꿈은 없고 다만

1 부

그래도 사람이 있어

우는 꽃

곶을 꽃으로 읽은 적 있다
한참을 그렇게 읽었다
뜻이 커졌다 오독이 은유가 되었다

그 후로 꽃을 보면 우는 것 같았다

꽃을 곶이라 한들
곶을 꽃이라 한들

꽃을 곶으로 읽으면
꽃은 세상을 위한 곡쟁이가 되고

곶을 꽃으로 읽으면
우는 세상이 환한 서천꽃밭 같다

곶을 매단 꽃
꽃을 둘린 곶

늘 흔들리는, 흔들리며 우는

사람이라는 꽃
사람이라는 哭

좋은 사람

누가 묻는다
그 사람 어떤 사람이냐고
어떻게 몇 자로 사람을 요약할 수 있나
잘 모른다 하면 또 묻는다
좋은 사람이냐고

모르겠다
여태 살고도 이 말 모르겠어
좋은 사람이라든가, 사람 좋던데 같은 말

소 닭 보는 무관심이 좋다는 것인지
물렁한 버무림이 마음에 든다는 것인지
반쯤 눈감은 반투명이나
반응하는 탄력이 좋다는 것인지
공과 사의 유연한 틈이 적절하다는 것인지

모르겠다고 하면 또 묻는다
인간적으로 좋은 사람이냐고

인간적으로 악한 사람도 있나
어느 기술자가 대학생을 고문하다 쉬는 시간에
제 자식의 대학 진로를 물었다는데
이 사람은 인간적으로는 좋은 사람인가

정말 모르겠다
좋은 사람이란 말
좋은 나라, 좋은 대통령은 조금 알 것 같은데
좋은 사람 이 말은 모르겠다

사회적으로 역사적으로 이성적으로 문법적으로
진짜 인간적으로

슬쩍

부정 투표를 고발했다 영창에 갇힌 육군 중위, 헌병이 오더니 쪽지를 슬쩍 밀어넣고 갔다
저희는 진실을 알고 있습니다
삼십여 년 견딘 이등병의 힘이 그 '슬쩍'에서 나왔다 한다

부마항쟁 때 경찰에 쫓긴 대학생
뛰쳐들어간 허름한 선술집
아무 자리 몸부터 던졌다
놀란 잠시,
일행들 젓가락과 술잔을 놓아주고
술을 부어 주며 눈을 맞추던, 그 슬쩍

자식 잃은 에미가
팽목항에서 서울까지 도보 행진 나설 때
칼바람 뼛속까지 몰아치는 날
모르는 사람이 목도리를 에미 목에 둘러준다
제 것을 벗어 아무 말 없이, 슬쩍

도청의 그날 새벽
탕, 탕 총소리에 쫓기며
도청 담을 넘어 주택의 지붕을 타다
삭은 슬레이트와 함께 떨어진 어느 집 안방
놀란 주인이 밖을 살피더니
슬쩍, 옷장을 열어주던

옛날 배우

옛날은 어디든 있네
내게도 있고 주변에도 널려 있어
나 이제 어디서든 지난 시간 한 자락 걸칠 수 있는
옛날 마술사가 되었네
가진 힘 별 없어도 옛날만큼은 내 아귀에 꼼짝 못
하지
내 거친 손과 발에도 옛날은 있네
손에 던져졌던 술잔들
발에 채인 글들 도원결의들
지울 수 없는 손금 같은 것들이 애처로이 매달려 있네
부추꽃 슬프게 피는 늦은 여름날에도
무꽃 달리던 봄날의 끝에도
옛날은 있네 조금 아름다운 옛날에 피식 웃어도 보는
느티나무 붉은 잎 줍는 길 위에
고갯길 넘어가는 버스 꽁무니에
명줄이 닳아지는 옛날은 있네
하, 사는 일이 기억에 당의정 입히는 것이라
억지로 벨 에포크를 생각해보는 것이네

옳거니, 옛날은 어디든 있네
화려했던 것은 바람에 쓰고
눈물 나는 일은 바위에 적힌다 해도 옛날은 아름답네
무엇을 검색하다 다닥다닥 주택가 위성사진
신혼으로 누웠던 그곳, 숨은 옛날이 우두두둑 튀어
나오네
막대사탕 같은 옛날을 한입 빨며
다시 옛날로 돌아가네
나 어디서든 옛날 한 자락
눈물 나게 뽑을 수 있는 배우가 되었다네

감자꽃

꽃을 따줘야 감자가 크다고 누가 툭 던진 말, 그 말은 깃발이 되었습니다 토론을 잠재운 절대 진리! 그것이 펄럭이는 밭에서는 엄지와 검지가 꽃을 다 따버렸습니다 큰 감자를 위해서라면 하얀 꽃잎과 보라색 꽃술은 즉시 긴급조치 되었습니다 하루 한 번의 손놀림으로 밭은 푸르게 변해갔습니다 하루하루 아름답고 고요했습니다 다음 해에도 그 다음 해에도 꽃은 땅에 굴렀습니다 감자꽃 한들한들 흔들리는 어느 봄밭을 보기 전까지는 그랬습니다 어느 외눈의 권력자에게도 옆에서 툭, 던져준 그런 말이 있었을 겁니다

굴비

굴비가 똑같은 굴비로 보인다면
당신은 아직 멀었어

굴비마다 다르게 보일 때쯤
당신, 세상 조금 살았다 소릴 듣게 될 거야

거울 속 저를 보듯 찬찬히 들여다보라구
보고 또 보라구
굴비에 새겨진 최후의 표정을

어떤 것은 놀라고 어떤 것은
어리둥절하고 어떤 것은
고통스럽고 어떤 것은 호기심에 입을 옹송거리고
어떤 것은 억울한 원혼 같고

세상의 끝에는
꽉 다문 입으로 몸을 뒤틀며
더러는 할 말 남은, 못 닫은 입으로 가야 할 시간도

있을 것이다

엮걸이에 달리며 저 굴비의 아가미엔 짠 소금이 구름처럼 왔을 것이고
짠 바다에서 더 짠 소금 속에 들어가는 몰입을 배웠을 것이고
속을 버리고 자세만 남은 몸으로 하나의 몸짓, 하나의 표정이 되어 아직 끝나지 않은 길에서 마르고 있는 것이고
그것이 입멸이란 것이고

그때 당신은 비틀린 말과 행동을 굽어보겠지
굴비를 보며
최후의 자세를, 못다 한 말을 생각하겠지

그때쯤 당신은 인생 제법 산 사람
굴비가 될 자격이 있는 사람
결코 비굴하고 싶지 않아 이름을 거꾸로 뒤집어쓴

죽어서도 죽은 것만은 아닌 싸늘한 멸
다하지 않은 사라짐을 볼 자격이 있는 사람

신파조 당신

당신이라는 말 참 좋지요*
어디 놓아도 빛나는 이름
이쁜 당신, 환한 당신, 친절한 당신
당신, 누가 불러도 바보같이 잘 어울리는
당신은 커다랗고 아득해서……
질투가 나다니요

허나 당신은 바람 같아서
못난 당신, 쓸쓸한 당신, 개떡 같은 당신
이렇게 불러도 밉지 않네요
눈멀면 어때요 당신인데

당신을 발화하는 입술의 순간이 좋아서
꽃처럼 당신의 거리를 당깁니다

당신……
내가 번져가는 당신
혼잣말로 가슴에 박아 넣는 당신

오늘밤에 올 거야? 놀라긴

달콤한 당신, 까마득한 당신, 지랄 같은 당신, 개 같은 당신
그래도 당신
매달렸다가 제풀에 떨어지는 당신
신파조의 당신

입속에 궁글리는 생의 환상통
그런 당신

* 허수경, 「혼자 가는 먼 집」

어디 없나

열탕에 몸 담그며 시원하다 구시렁대는 사내
세상이 너무 시원찮은 것이다

울렁거리지 말아라 모난 돌 정 맞는다
뜨뜻미지근하게 살라는 말씀
좋아도 싫어도 밍밍하게……

그래서 그런지
짱돌 든 사람 없다
광장은 비고 구호는 던져지고
폰에 손가락 톡톡거리는 사람들뿐

싱건지 같은 날들
인공지능 눈동자 같은 사람들

사과를 한 손에 아작 내는 불한당 어디 없나
법보다 가까운, 아늑한 주먹은 없나
한 입씩만 베어 무는 똑똑한 권력은 없나

뱃구레 가득 홍어 애 같은 질펀한 노래는 없나
세상을 들었다 놨다 양산박 백수건달 어디 없나

법조문 침 바르는 잔챙이 말고
계산만 해대는 조무래기 말고
풍찬노숙 천둥소리 어디 없나

현해탄에 몸 던진 그런 파멸이라도 어디 없나
시펄보다 더 인간적인 욕은 없나
몸부림 모텔처럼 아싸리한 직격은 또 어디 없나

순정했던 온몸들 정말 어디 가고 없나

나무의 슬하

마을 당산나무 앞 작은 슈퍼 주인 박 씨 오늘도 유심히 밖을 살핍니다 선산까지 다 팔아먹고

그래도 돌아갈 곳 있는 게 어디냐며 넙치처럼 엎드려 고향 왔지요 이리 속고 저리 휘둘리면서 상처 얼마나 깊었는지 사람만 보면 뚫어져라 쳐다봅니다

나무를 껴안는 이는 외로운 사람 기대는 이는 멍울이 있는 사람 만져보는 이는 사무치는 사람 그라몬 인생이 따땃한 사람은 나무를 우짠답디꺼 그런 사람은 마, 나무 앞에서 폼 잡고 사진만 찍고 가는 기라

사람들은 그가 시인인 줄 압니다만 나무라고 믿은 사람에게 베여 내려온 사람이지요 나무를 만지다가 위를 한참 바라보는 사람은 죽어 나무가 될 거라고 합니다 내 마음의 깊숙한 비밀을 들켜버린 날 잠은 오지 않고 어둠처럼 몰래 당산나무 곁으로 갔습니다

나무의 슬하 따뜻했습니다 기대다가 안았다가 올려

보다가 꼬마처럼 쪼그려 앉았습니다 자궁 속 깊은 잠으로 웅크렸습니다 이 팽나무가 젊었던 마지막 아버지를 보았다지요 어느 순간 기대게 됐습니다 차마 말하기 힘든 시절 아버지께 안기듯 나무에 기댔습니다

이만하면 저도 잘 살아낸 건가요 아버지 없는 세상, 살고 보니 저보다 하늘의 아버지가 더 아팠을 거라 이제사 철이 듭니다 성적표 한 번 보여주지 못한 아버지 그날이면 제가 살아낸 성적표 보여드릴게요 아버지에 기대 먼 별 봅니다 별들이 울렁입니다 오랜 버릇은 또 어쩔 수 없나 봅니다

국밥 한 그릇

벌겋게 언 얼굴 앞세우고 들어온 사내
국밥집 구석에 앉는다

국밥 한 그릇 먹을 수 있겠습니까
정중한 저음

잠시 후 국밥이 놓이고
묵상하듯 고개를 숙이더니
굳은 손 밥술을 뜬다

후루룩 쩝쩝
어험 후루루룩 흐흠 큽 크읍

요란한 반전

후루룩 헙 크 어허 흠
후릅 후르릅 크읏 어험 흡

남자는 밥을 먹는 게 아니라 인사를 하는 거다
제집 손님에게
말로는 다할 수 없는 뜨거운 환대를 보내는 것이다

쩍 벌린 검은 허기 속
입술과 혀와 이빨과 후두와 콧구멍
밥에 파묻은 눈빛까지
온 식구가 모두 나와 격하게 맞이하는 것이다

한 그릇 국밥
알아주는 이에게 목숨 버리겠다는 듯
후룩 크읍 쩝 험험 후루 크읔
제 무덤 속으로 주저 없이 몸을 던진다

봄밤

좋은 날이면 고모는 그예 울어버렸다
술꾼 만나 술병만 환했던 생

새 신부를 봐도 눈물 그렁그렁
우예 살아갈 거고

꽃을 봐도 울먹울먹
어찌 떠나갈 것고 이 고운 낯으로

내림인지
목련 하얗게 불 밝히는 봄밤
청승을 떤다

아직 저 꽃 못 본 사람 있으리
고개 숙인 긴 목이 있으리

아스라한 목소리 등에 걸린다
이 험한 세상 우찌 헤쳐나갈 것고 말다

누구라도 불러 밤목련 같이 봐야 된다고
시간 얼마 남지 않았다고
기억을 뒤적이는 봄밤
뿌연 사람 몇 호명하는 봄밤

고모가 긴 잠에 든 봄밤
저를 위해 첫 등 켰던 봄밤

불 밝힌 조등(弔燈)
이 환한 봄밤

그런 사람

각중에,
하던 일 멈추는 사람
눈 들어 구름 보는 뜬금없는 사람
그런 엉뚱한 사람이 있다

그때는 모른 척 내버려두자
작별은 모진 것이리
내가 얼결에 아버지, 하며
낮은 숨 모다 쉬는
그런 사람
사람마다 가졌을 것이다

그날이라고 말하는 그런 날
하나둘 있을 것이다
아무런 고리 없이 까닭 없이 불쑥
떠오르는 어떤 사람
어떤 기억
어떤 스침

온몸으로 솟구치는 것이다

사는 건 그날이 하나둘 똬리를 트는 일

길을 가다 문득 서게 만드는
그런 사람
그런 순간들, 그런 일들

그런 엇박의 사람들

북향 비탈의 세한도

백운산 초입에 무덤 하나
해 등진 북향 비탈에 홀로 엎드려 있습니다
스무 척은 될 동백이
꺼져가는 봉분을 내려봅니다
비석도 제단도 석물도 없는 쓸쓸한 허공
나무 한 그루에 무덤 한 기
주변은 여백
동양화가였을까요
죽은 이가 나무로 환생한 세한도 한 폭 그려 놓았습니다
겨울밤 시린 북향의 땅,
쫓기듯 묘를 쓴 누가
대속의 한 그루 동백을 심었는가요
그렇게 겨울 내내 붉게 울고 싶었는가요
겨울이 돼서야 지조를 안다는 세한의 찬란한 인용
붉은 박동은 겨울을 데우고
핏빛 보료는 봄 무덤까지 번졌겠지요
햇살이 허공을 펴는 팽팽한 봄날,

작은 새들이 무덤에서 동백으로 날아오릅니다

세한 연후의 싱싱한 봄을 입에 물고

죽어도 좋을 새봄 속으로

훠이— 훠이—

새 세상을 새가 물어 올립니다

등을 쳐 먹다

등쳐먹다는 말
한 단어인 줄 알았는데
등치다와 먹다의 두 단어다
등쳐 먹다로 띄어 써야 한단다
등과 치다만 합쳐졌고
등친 후 먹을 때까지는 잠시 기다려준단다

아직 자비가 살아 있는 시대인가

허나 등쳐 먹다는 곧 한 단어로 합체될 것 같다
갈수록 허기진 포식자들은
등치고 나서 먹을 때까지 기다려 줄 여유가 없다
등을 쳐 먹는 일이란 게
쉬었다 먹을 만큼 한가한 일인가
등 한번 치기 위해 얼마나 엿봤겠는가

등쳐먹다!
콘베이어 시스템처럼 잘 연결된 말

속엣것까지 털어먹을 것 같은 부드러운 말

인류세를 사는 각다귀들 모름지기 등을 조심하렷다
탁, 치면 넘어가는 딱지처럼
통째, 당신 뒤집혀 등쳐 먹힐지 모른다

우리의 마을*

나는 국가를 믿지 않는다
사람을 믿는다

어느 마을에 가면
수십 년째 마을을 이끄는 노인이 있는데
궁금한 나는 막걸리 몇 잔에 취한 척
옆구릴 슬쩍 건드려 보지만
귓속말 하나 들리지 않는 이상한 동네가 있다

노인이 일을 할 때는 규정 없이
제 마음대로 하여도
군말 없고 아무도 따지지 않는다

그러다가 일 년이고 이 년이고
잊어버릴 만큼 지났을 때,
그때는 그리 해서 그랬다 하면
그리 짐작하고 있었다고 사람들은 답한다

대명사만으로도 그리 그리 통하는 마을

사람보다 개와 고양이가 많고
낮은 울타리 위로 사람과 동물이 함께 나다니고
식탁과 오르간 위에 꽃이 놓인다
애비의 부라질과 아이 웃음소리가 소 등에 얹히는,
글보다 말이 사람을 끌고 가는 마을

노인은 페인트 벗겨진 노란 자전거를 타고
노을 묻은 편지를 읽고
이 소문 저 소문 다리쉼으로 하루를 진다

해마다 노인은
밤 라디오를 듣고 싶다며
젊은 사람이 나서 달라 사정하지만
아이들 눈부터 토라진다
그러면 노인은 투덜투덜
기러기 나는 솔가를 기꺼이 끌어안는다

노인은 꽃과 아이들 앞에 몸을 낮추고
세상일 가운데 가장 먼저
땅에 꿇을 수 있는 두 무릎에 감사드린다

나는 사람을 쌓은 국가는 믿지 않는다
사람의 선한 끝을 믿는다

늙은 코끼리를 따라가듯
뉘엿뉘엿 그림자 따라 눕고 이슬 따라 일어나는
하얀 구름의 마을

국가도 이념도 사상도
돌에 새긴 글조차 하잘것없어질 때
뒤기미나루 물 젓는 사람
그 선한 손끝의 마을을 나는 믿는다

* 2021년 제24회 요산문학축전 여는 시

2 부

속절없었기에 다시 핍니다

돔박꽃 품에 좁쌀 ᄒᆞᆫ 되

그해 저슬 눈이 엄부랑이 와십주
눈은 해영허게 묻어신디 아무도 뵈리지 못 허컵디다
사름이 살암직 헌디는 없애라 해십주
마을이 불 카부난 산 사름이 산사름 되어분겁주
눈을 파고 굴헝에 퇴끼추룩 숨었수다
경헌댄 해도 ᄒᆞ루 이틀
산 목숨이 ᄀᆞ만이 이시쿠가
주린 배 움켜 잡앙 먹을 거 ᄎᆞᆽ앙 댕겨십주
처음엔 촘말 몰랐수다 산 사름에게 총을 쏘카부덴
노리나 퇴끼 본 것추룩 탕! 탕!
움직이는 것은 몬딱 사농감이라나십주
짐승은 총소리에 돌아남신디
사름은 돌려나왕 사름을 심읍디다 함께 물듭디다
쓰러진 사름 우터레 눈이 ᄂᆞ리민
그 위로 돔박꽃 한 송이 번져 나옵디다
무신 일 셔도 절대 나오지 말라이!
굴 베꼔디레 나서던 아방 말 생각나
눈이 몬딱 더끌 때까지 산담 아래

허영허게 숨어 울었수다

벌겅헌 돔박꽃 품에 좁쌀 혼 되 이십디다

* 제주어는 강덕환 詩兄의 도움을 받았다.

그 섬의 말

그 섬의 사람은
지난날 말 시키면
말없이 고개 들어 폭낭을 본다

살아졌다고……
세상 가장 긴 말 하나 나무에 건다

살암시민 살아졌고
살아시난 살아졌다고

사는 게 아니라 살아졌다고

목숨 붙은 것은 다만 살아진 결과라는,
살아남은 것도 살아온 것도
살아진 것이라는

살암시난 살아졋주
사난 살았주

어느 말끝에 잡혀갈지
어느 손가락이 저를 죽어지게 할지

무자 기축 그 섬
생사가 그날 운수여서
사름은 빌고 또 빌어 하루를 닫았다

오늘도 살아졌수다

아버님 전 상서

—허영순

새 메누리가 아덜놈 외하르방 이름을 들읍디다
무사 경햄시닌 내가 들어봐십주

어젯밤 꿈에 해영헌 두루마기 입은 신사 분이 어떤 비석 앞이 상이신디, 그 비석에 허후라고 써졍 이십디다 그래요

아이구 아방 이제사 오셤수꽈 화산섬 터지듯 가심 북받쳤습니다
난 지두 돌베끼 안 된 똘 칠십 넘도록 오지 안 해신디 새 메누리신디는 춫아 온 겁주

이제사 가심에 묻어놓은 아방을 꺼냉 봠수다
아방 어신 모진 삶도 이젠 담담하게 흘려보낼 수 이실 거 닮수다
죽창을 심엉 왕 아방 이신 디 대라고 홍이던 일
그 겁질에 어멍 젳 말라버려십주
경헌디 젤로 서러웠던 것은

아방 손 심엉 가는 친구들을 보는 것이라낫수다

어멍은 제 혼담이 이실 때 시아방 이신 디를 고릅디다
아버지 원 어시 외울러보랜

오늘 메누리 꿈에 와시난 나신디도 재게 와줍서
좋은 서방 만난 것도 게고제고 살아진 것도 다 아부지 음덕이우다
꿈속에 만나지민 화북동 밭담 우리 집이서
얼굴도 모를 젊디젊은 청년을 아부지랜 불러볼 거우다
아부지, 아부지
살아온 설움은 묻어두고
아부지, 아부지 그 소리만 원어시 외울러 볼 거우다

맨발

검은 땅 떠나가네
새도 잠든 검은 밤 나는 끌려가네
이제 살 수 없다는 것 아네
나 어시믄 당신 어찌 살쿠과
함께 보던 칠성별 눈물로 다시 닦네
오늘은 칠월칠석
견우와 직녀 미리내 건너 만나는 그 칠석날
나 당신을 영원히 떠나가네
트럭에 흔들리며 가만히 신을 벗네
맨발로 갈 내 길보다
산과 들 찾아 헤맬 당신 맨살 더 아파
묶인 두 손 검정고무신 던져 놓네
칠흑 어둠 신을 삼키네
당신과 나 세상 잘못 만나
꽂 대신 신 찾아오시라 고무신 버리네
줄 게 이것뿐이어서 왁왁한 몸짐 부치네
새벽별 새파란 섯알오름
나 맨발로 오르네

산방산 짐승처럼 웅크리네

저 산이 말하리라

꽃신 신은 당신 밤하늘 떠가네

나 눈을 감네

검은 밤 찢어 물고 새들이 흩어졌네

보리밭에서 푸른 하늘을

—김대진

I

봄날 보리밭 지날 때면
혁명은 제쳐놓고
보리밭에 잠들었던 산사람 생각난다

무자년 남쪽 섬 제주
넓어서 진드르라 하기도 하고
보리가 많다 해서 보리드르라 불리던 곳
그 보리왓에 마지막 누웠던 사람

그 사람 산으로 간 그해
토벌대에 부모가 죽고
아내마저 끌려가 총살당했다
산에서 소식 들었겠지
울분에 어금니를 꽉 물었겠지
겨울 산바람에 헌헌장부 눈물 언 날 많았겠지
아이들은 어떻게 되었을까

꿈틀거리는 애비의 본능은 어쩔 수 없었지
집에는 다녀갈 수 없어
어느 봄날 보리밭이 생각났겠지
보리 벨 때 그 밭에 가면 소식이나 들을 수 있겠지

세상 모를 보리는 누렇게 바람에 흔들리고 있었지
하루 이틀이면 베러 올 거야
기다리며 봄날을 코끝으로 핥았지
오랜만에 느끼는 한가함, 나른한 피로감
오름을 몇 개나 넘었던가 깜박 잠이 들어버렸지

이웃 밭에 깜부기 뽑으러 온 사람이 코 고는 소릴 들었다지
그것으로 영원한 잠이 되었다지

봄날 보리밭 보면
느 것 나 것 없는 좋은 시상 올 거우다 산으로 들어간
젊은 애비가 생각난다

보리 이삭 훑어 호주머니 채우고
흔들리는 푸른 하늘 바라보던
꿈꾸듯 살다 간 한 청년을 생각한다

Ⅱ

보리왓은 볼 수가 없어요 유월쯤 보리가 누렇게 익을 때면 몸서리치는 그리움에 나는 앓아요 바람에 보리가 이리저리 물결칠 때는 그 사이로 아버지가 앉아 있을 것 같았지요 세월에 잊지 않는 장사 없대도 그 강렬한 노란색은 잊을 수 없어요

맨 처음 하르방 할망이 끌려갔어요 저는 무서워 담고망으로 보고만 있었지요 그때 내 나이 열 살 집 밖으로 나가더니 총소리가 났어요 겨울이었는데 집 근처 빈 보리밭에서 총을 쏘아버렸지요

닷새 뒤에는 엄마가 청년들에게 잡혀갔지요 외할머니에게 우리 애기 잘 키와줍서, 잘 키와줍서 그 말 남기고 갔어요 지서 앞 밭에서 총 맞았다는데 한 번에 안 죽이고 데굴데굴 구르다 땅을 긁어 손톱이 다 빠져버렸대요

그 모든 게 아버지 때문이라 했지요

아버지가 산에 들어가기 전날 저녁이었어요 아버지가 저를 무릎에 앉혀서 구구단 가르쳐주었어요 우리 딸 잘 외완 착하다 그 말이 제가 들은 마지막 목소리였어요 다음 날 일어나니 아버지는 없었지요

소문이 산에도 퍼졌겠죠 집에는 못 오고 진드르 우리집 보리밭 생각났겠지요 보리 벨 때면 누구든 만날 수 있겠구나 생각했겠죠 산에서 언 몸 봄 햇살 맞으니 그만 잠들고 말았겠지요 경찰의 추격을 받고 몇 걸음

못 가 쓰러졌대요

관덕정에 사흘을 세워놨답니다 겨우겨우 화장 날 알아내 재 한 줌 가져왔지요 누가 진드르 보리밭에 갔더니 보리 이삭을 훑어놨다 합디다 거친 보리 쟁여넣은 아버지 생각하면 쌀밥은 먹을 수가 없어요

이모도 외삼촌도 동생도 죽고 저 혼자 살아남았어요 이런 일 다시 생긴다면 제가 먼저 죽어버릴 거우다 이 짐승 같았던 세상…… 소왕가시보다 더 무섭고 아픈 세상, 다시는 살구졍 아녀우다

* 유일한 생존자 김낭규 씨의 구술을 참고했다.

통일 항쟁

누가 물으신다면
통일 두 자를 넣겠네
이름 없는 백비에 4·3 통일 항쟁 적겠네
통일 후가 아닌 당장 지금
뒤척이는 한라산 아래 엎드려 쓰겠네

무장대 첫 구호는 단정 반대!
미군정과 우익은 레드 헌트로 몰았고
끝내 단독정부가 수립되어 나라 끊어져버렸으니
4·3은 반 분단 항쟁

민중항쟁 혹은 좌익 폭동, 그냥 4·3 또는 사건
정명 분분해도
지금 대한민국 악의 근원을 캐 올라가면
우뚝 솟아 있는 거대한 절벽, 분단!
4·3은 분단을 초래할 단정을 반대했기에
마땅히 통일 항쟁

그것이 희생자의 원혼을 푸는 길
탐라의 한을 푸는 일
역사가 제 물길 들어 제 이름 얻는 길

지금, 여기
모든 문제가 비롯된 분단
그 요참의 아픔에 검은 곰팡이처럼 기생하는 온갖 기득권들
그들이 어깃장 놓는 통일

수백 만의 유태인을 죽인 독일도
식민지에서 해방되자 허리 끊겼던 베트남도
모두 하나의 국가를 이루었는데
우리만 잘려 있다

이토록 오랫동안 고통받을 분단이라면
단정을 거부한 것은 백번 옳았던 일, 시대를 꿰뚫은 혜안

다시 봐도 그렇다면
4·3은 통일 항쟁이 될 수밖에 없는 일

어드렌 가민 살아집네까

어떤 이는 구덩이 속에 파묻혀 코로 흙을 삼키다 죽고 어떤 이는 낭가로 굴러떨어져 피 흘리다 얼어 죽고 또 어떤 사람은 굴비처럼 묶여 한겨울 물속 수장되고

가족이 보는 앞에서 고꾸라지고 짐승에게도 못할 과녁을 몸에 붙인 채 죽창에 찔리고 효수돼 관덕정에 걸리고

어떤 이들은 구사일생으로 달아나 이 산 저 오름 쫓겨다니다가 토벌대 눈에는 폭도, 무장대 눈에는 내통자가 되어 재수 없으면 총 맞아 죽어불고

거적대기 하나 없이 묻힌 어매, 물고기 밥 된 아방, 눈 뜨고 죽은 누이, 한 구덩이 엉긴 삼춘 조캐들의 손과 발

아들 대살하려 하자 차라리 나를 죽여라 나선 애비! 두 사람 모두에게 총알 먹이고, 흰 저고리 붉은 젖 꼬

물꼬물 에미 품 오르는 아기 탕! 탕! 파편으로 흩어버리고

아들 하나 쏘고 또 하나 또 쏘고, 어매는 하늘님아 하늘님아 울부짖다 총 맞아 같이 가고,
경찰에 잡혀간 사람들 팔이 고무줄처럼 그랑그랑, 다리가 꺾어져 그랑그랑

서로 사름이 아니엇수다 그놈들 눈엔 우리가, 우리 눈엔 그놈들이
어디 가믄 사우꽈 도시 어디로 가믄 목숨 부지하우꽈

난 모르쿠다

날카로운 호루라기 소리와 다급한 군홧발 소리
부서진 삽짝을 열고 불안한 낯들이 나온다
밤낮으로 이어지는 사람 몰이
죽음이 서느렇게 드리운 흙빛 얼굴들 운동장으로 간다
한마디 말, 한 번의 손가락질이 목숨 앗던 시절
살아 마지막 말은 '난 모르쿠다'였다
음력 12월의 북촌국민학교 운동장
손등이 논바닥처럼 갈라진, 머리에 하얀 서캐 내린 아이들
늙은이와 여인, 어린것들 벌벌 떨며 줄을 선다
겨울 바다 칼바람이 동옷바람의 살을 엔다
군복의 목소리가 정적을 찢는다
군경 가족은 옆으로 나가시라요
한 무리를 덜어내는 것이 살 저리게 무섭다
남은 무리의 가쁜 숨이 목에 맺힌다
순사 하나가 여인 하나를 끄집어낸다
아지망, 아덜 어드레 감수꽈?

열 살쯤 돼 뵈는 여식 뒤에 숨어 울고 있다
넋이 나간 몸 와들와들 떤다
덜덜 이 부딪히는 소리
눈동자 흔들리다 그 말 나오고 말았다
난 모르쿠다
군복이 여인의 빰을 친다 산으로 갔지 애이요
난 모르쿠다
철컥, 장전하는 소리
아무도, 어떤 말도 할 수 없다
모르쿠다, 난 촘말 모르쿠다
맞잡은 두 손을 총성이 떨어뜨린다
북촌이 물들기 시작했다
줄줄이 끌려가면 콩 볶듯한 총소리
하르방부터 물애기까지
북촌국민학교 운동장, 너븐숭이 주변
대낮부터 어둑해질 때까지
겨울바다 하얗게 얼어붙을 때까지
모든 사름이 빨갱이가 될 때까지

만약에

역사에 가정이란 부질없지만
이미 기운 전쟁
일제가 끝까지 버티지 않았다면

수십 만 조선인이 살았을 거고
나가사키 히로시마도 없었을 것이고
오키나와 주민들 십 수만 명이 죽지 않았을 텐데

소련은 참전을 못 했을 거고
당연히 미소가 한반도 허리 자를 일 없었을 거고
분단도 4·3도 여순도 전쟁도 없었을 것이다
분단이 아니라면 보도연맹 같은 것도 없었을 것이고
다랑쉬굴도 목시물굴도 큰넓궤도 골령골도 코발트 광산도 노근리도 없었을 건데

역사에 만약을 내미는 것은 어리석은 일이어도
전쟁 일으킨 적 없고
남의 땅 침략한 나라도 아니면서

온 나라 땅 밑에 허연 뼈를 깔고 사는
허리 잘린 국민
눈물나게 허천스러워 한번 해본 이야기

지워진 이름

—김의봉

그는 이름을 잃었다

살아서는 버렸고

죽어 각명비에 올랐으나 지워졌다

그 흔적이나마 붙들고

술을 치는 사람

매년 4월 3일이면

뿌옇게 갈려 나간 그 이름 앞에

술잔 놓인다

여기 아니시민 어데 잔 올리쿠과

이덕구 산화하자

이어받아 몇 년을 산 타다 총탄에 스러진

3지대 사령관

시절이 그랬지 사람이 그랬냐 해도

항전 이끈 이들은 이름을 벗어야 한단다

그래도 한때 이름 적혔던 곳

술잔이 놓인다

시대가 서로 죽였지 사람이 그랬냐 해도

아직은 아니라고

바람만 술잔 안에 머물다 간다

꿈에 본 4·3

꿈을 꾸었네
어멍 아방인 듯한 사람
그 옆 산담 너머
칼 찬 이와 총 든 사람

삼춘, 내가 아니라고 햄신디 무사 총을 쏘왐수꽈
연기 같은 몸으로 흔들리는 어멍
몸 없는 것들
저도 살아지려고 그랬다 고개 숙이고
대문 없고 도둑 없는 이웃 간에
시절이 사람을 글케 맹글었다 거들고

목소리는 분명한데 얼굴은 흐릿
저편 하늘 같은데
슬프지는 않고 험악한 분위기도 아닌
그저 물어나 보는 그 정도
꿈을 깨니 황당해 개꿈이라고 헛, 웃어버렸지만

하루 가고 이틀 가고
다 잃고 아무것도 없는 영혼 더 잃을 게 없어
그게 다 시절 잘못 만난 탓이라고
그게 다 우리가 힘이 없었기 때문이라고
툭, 툭 털었을까

찌르고 찔린 사람들
혹시 무장대와 토벌대도 해원의 술잔 부딪혔을까
묻고 싶었는데
일기일회, 헛꿈이라도 한 번이라는 듯
꿈은 다시 오지 않고 가끔 설핏
삼춘! 조캐! 목소리는 아지랑이처럼 흔들리고

숨비기 그늘

어멍 저기 굴헝이 보여요 손을 주세요 우리 손 잡고 저기 들어가 죽은 듯 캄캄하게 만 년만 자고 가요 총소리에 수수꽃다리 향기 자지러지고 새벽 까마귀 비명 파도 소리를 삼켜도 눈 뜨지 말고 만 년, 만 년만 시체처럼 자요

만 년은 너무 멀구나 내가 널 기억이나 하겠니 걱정 말아요 제가 어멍 젖을 잊겠어요? 그래도 만 년이나 자야겠니?

만 년쯤 자면 말도 변해서 우린 새들과 노래하겠죠 밭담도 무너져 흙이 되었겠죠 총도 칼도 다 썩고 뼈도 지쳐 사그라지고 어쩌면 우린 펄럭이는 허공이 될지도 몰라요 그래도 다 놓아버리고 만 년만 자요 어멍 구름처럼 만 년만 떠가요

옷고름에 붉은 젖이 흘러요 군홧발 소리 멀어지고 흩어진 새들도 먹쿠실낭 품에 오질 않네요 어멍 우리

는 죽은 게 아니에요 잠자는 거예요 꿈꾸는 거예요

사람 소리가 들려요 피보다 더 붉은 울음소리네요 사람들이 우리 이름을 부르고 갯메꽃 옆에 재워주네요 산에 간 아방 좋은 식상 오면 돌아오겠죠 어멍 품으로 나 들어가요 젖을 물고 숨비기 그늘 속으로 누워요 어멍 우리 만 년 후에 봐요 딱 만 년만 자는 거예요

디아스포라

제주농업학교
4·3의 후폭풍이 학교를 휩쓸자
동기생들 살길 찾아 갈갈이 찢어졌다
산으로 간 사람
일본으로 밀항한 사람
산에서 토벌대에 죽은 사람
잡혀가 처형된 사람
산에서 행방불명된 사람
재판 받고 육지 형무소 간 사람
형무소 수감 중 학살된 사람
옥문 열어준 인민군에 편입된 사람
국군과 싸우다가 죽은 사람
살아남아 북으로 간 사람
국군에 입대한 사람
인민군과 싸우다 죽은 사람
국군으로 살아남은 사람
남과 북으로, 이승과 저승으로
이 골짝 저 바다로

산산조각

갈가리 흩어진 꿈같은 청춘들

천상에서 동기회 열었을까

미소년에서 할아버지까지

어떻게 서로 알아보고 만났을까

천지 말간 얼굴에 동백꽃물 풀어*

설문대할망 다리를 놔줍서
너럭치마에 고래실 흙 덩실덩실 떠 담아
남해나 동해 숨텅숨텅 놓아줍서
나 백두산 마슬 다녀 올라네

관덕정에서 북청이나 단천 어디쯤
다리 좀 놔줍서 설문대할망
거기서 갑산 삼수 거쳐
영등할망 부럽지만 나 걸어갈라네
산에 산에 핀 꽃들 다시 볼라네
엎드려 꽃과 함께, 산사름 함께 며칠 지내다가

백두산 전에 고하겠네
큰넓궤 지슬과 정방폭포 총성을
정뜨르 안경과 알뜨르 녹슨 전선을
얽은 손과 부르튼 발을
그 위로 떨어지던 핏빛 동백꽃을
한몸으로 왜 못 사나

훠이훠이 날려 주고 오겠네

그해 남쪽 섬
붉지 않은 바위 셔낫던가
돌아앉지 않은 꽃 이서낫던가

설문대할망 다리를 놔줍서
한라에 봉화 오르면
웃밤애기 알밤애기 오름마다 불을 받고
벌겋게 섬이, 달마저 붉게
백두에도 불 오르는 통일의 그날
호랑이도 곰도 느영 나영 춤을 추고
사름이 사름으로 살아지도록 신명나게 놀아봅주
좋은 싀상 우리 같이 살아도 봅주

설문대할망 어서 다리부터 놔줍서
울어도 울어도 못다 운 노래 한 자락
가심에 박힌 돌멩이 들어내듯

검은 땅 검은 숨 붉게 울어볼 거네

천지 말간 얼굴에 동백꽃물 가만 풀어볼 거네

* 제9회 제주4·3평화문학상 수상작

좋은 의상 아홉 번 꿈꾼

— 조몽구

제주 성산읍 수산리에 여섯 망인 새긴 비
아내와 자식 넷
처사 풍양 조공 몽구

문헌은 그를 공산주의자로 적고 있다
일본에서 좌익 노동운동을 하다 4년형을 선고받았고
해방 되자 표선면 인민위원장이 되었으며
4·3 봉기 후 북으로 갔다가
다시 고향으로 돌아와 생을 마친 사람

해방 후 가장 급한 일은 일제 잔재를 걷어내는 일이었다
친일 경찰이 미 군정 경찰로 으스댔고
일제 뒤에서 호가호위하던 사람, 그들 밑에서 밥을 빌고 행세하던 사람
그들은 경찰 뒤에 숨어 반공이라는 외피를 둘러썼다
그때 빨갱이가 탄생했다
빨갱이를 공공의 적으로 세우고

오로지 반공을 외치며 미군정에 들러붙었다
반공은 거대한 우산이었다

인민위원회와 우익의 충돌이 잦아졌다
인민들은 인민위원회를 지지했지만 달라진 게 없었다
일제가 물러가고 미제가 온 것
일장기 내려지고 성조기 내걸린 것
김 상이 미스터 김으로 바뀐 것
다 그대로였다 그놈이 그놈이었다

민심은 임계점을 향해 돌진하고 있었다
1947년 관덕정 앞 3·1운동 기념식
육지 경찰이 도민 여섯을 쏘아 죽였다
경찰은 등을 쏘고도 사과하지 않았다
오히려 정당방위라고 우겨댔다
이에 항의하는 3·10 파업
민, 관은 물론 경찰도 손을 놓았다

육지에서는 '붉은 섬' 프레임을 씌웠다
배후를 조사한다며 사람들을 마구잡이로 잡아갔다
서북 청년단도 가세했다
한 달 새 오백 명 일 년 내내 이천오백 명을 끌고 갔다
터무니없는 연행, 무자비한 고문
친일 경찰의 악행이 해방 조국에 그대로 이어졌다
거꾸로 매달기, 매 타작, 관절 꺾기, 물고문, 전기 고문
결국 이듬해 3월 청년 셋이 숨졌다 민심은 들끓었다
이 와중에 이승만은 단독정부를 위해 5·10선거를 추진했다
반쪽 대통령이나마 해먹겠다는 소리였다
남로당 제주도위원회는 회의를 한다
12대 7, 부위원장 조몽구는 반대했지만 무장 투쟁이 결정됐다

4월 3일 새벽 두 시 오름마다 봉화가 올랐다
탄압이면 항쟁이다! 삐라가 뿌려졌다
무장대는 손가락질 받던 경찰과 우익을 습격했다

경찰은 그해 12월 18일 표선 백사장에서
그의 아버지와 아내, 어린 네 자녀를 총살했다
조몽구는 이미 북으로 출발한 뒤였다

해주 인민대표자 회의에 참석했던 조몽구
전쟁이 나자 남으로 다시 내려왔다가
51년 9월 부산에서 체포된다
그가 선고받은 형량은 징역 팔 년
온 가족 총살의 원인 제공자가 팔 년을 받았다
복역 후 고향으로 돌아온 조몽구
세상사에 입 닫았다

그는 아무것도 한 일이 없다 꿈만 꾸었다
조국 독립을 위해 일제에 항거했고
해방 후에는 통일국가를 위해 투쟁했다
봉기도 하였고 북에도 갔고, 옥살이도 했다
그러나 남과 북에는 분단국가!
독버섯 같은 독재를 보며 그는 쓸쓸히 늙어갔다

어떤 체제도 담아낼 수 없었던, 변혁을 꿈꾼 조몽구

제삿밥 한 그릇 놓고
숟가락 다섯 꿈꾸듯 꽂으며
성근 머리칼의 조몽구는 무엇을 생각했을까

앉아서 죽느냐, 일어나 싸우느냐
바람은 그치지 않고
'좋은 의상 올 거우다' 아홉 번 꿈 꾼 이름 석 자
조몽구가 말없이 땅속에서 묻고 있다

3
부

이팝꽃 진 자리 사람이 시작되고

내 새끼를 왜 이러냐고

강이 흐르기 시작했다
높은 곳 아닌
낮은 곳, 가장 어두운 곳에서
어머니의 강이 흘렀다

광주를 광주답게 만든 것은 어머니들이었다

머리 깨지고
벗긴 채 끌려가고
대검에 찔리고 군홧발에 걷어채인
피 흘리는 사람들 앞에서 터진 외마디 비명
내 새끼를 왜 이러냐고

처음엔 무서워 달아났지만
분노가 두려움을 덮은 임계의 순간
차라리 우리 모두를 죽이라며 어머니들 주저앉을 때
사람을 내 품의 새끼로 거둔 말

밟히고 찢긴 모든 이가 새끼로 태어난 그때
내 새끼를……
새끼가 목적이 될 때
어머니는 깜깜한 곳에서 가장 낮은 강물이 되었다

내 새끼를 왜 이러냐고
도대체 내 새끼를 왜 이러냐고

새끼를 뒤로 거두고
어머니 젖가슴 내밀 때
피와 땀과 숨이 어우러진 대동세상이 왔다

내 새끼를 왜 이러냐고
내 새끼를 왜 이러냐고
이 땅 통절한 어머니의 강 오월 광주에서 시작되었다

마지막 새벽을 나서며

시체 썩는 냄새 속에서도
우린 밥을 했지
산 사람은 먹어야 싸우니께
1층 식당서 밥을 해 수백 명씩 멕였어
밤마다 계엄군 쳐들어온다는 소문이 있던 날
내일 새벽에는 진짜 온다는 그날 밤
늦은 밥을 해주니
애리디애린 것들이 남자라고
여자들은 나가라는 거여
누군가는 살아남아 말을 해줘야 되지 않겠냐믄서
며칠 사이 부쩍 어른 된 소릴 하는 거여
예닐곱 살은 아래인 막냇동생 같은 것들이
즈그는 끝까지 싸우겠다고
누나들이 우리를 기억해 달라믄서 말여
기여 우릴 개구멍으로 델다주는디
살라꼬 앞으로 수그리는 고개가 우찌 쉽던지
산울타리는 38선 같이 섰고
서로 먼저 가라고 울렁대다 본 갸들 뒷모습

맑디맑은 오월 하늘 같은 것들
시민군이람서 딱 한 번 우쭐대본 것들
싸우다 힘들 때믄 늘 그걸 생각했제
그 희생 우에 시방 우리가 있는 거니까
그 애들 죽은 게 아니라
젊디젊은 투사로 우리 가심에 살아 있는 거니까

오, 광주

차례차례 끊겼다
시외전화는 21일, 외곽 도로는 22일
시내전화는 27일 0시
전기는 그날 새벽 4시

고립무원 캄캄한 섬, 광주
어둠 속에 빛이 있다고 역사가 씌어질 때
도청은 가장 어두운 섬의 섬이 된다

광주는 별이었다
어둠 직전에 가장 빛났다
도청 함락 전날의 마지막 시민궐기대회
그곳에서 낭독된 '80만 민주시민의 결의'
민족의 이름으로 울부짖는다 살인마 전두환을 처형하라!

신군부 쿠데타를 국민이 모를 때
살인마를 처형하라며 전두환 화형식을 거행했다

시대의 독배
광주는 스스로 높이 들었다
그것은 도청으로 간 자들의 유언
집으로 돌아간 사람들의 눈물과 한숨과 절규

항쟁 기간 광주는
뜨거웠지만 외로웠고 붉었지만 푸르렀다
절대공동체 광주를 말할 때*
감탄사 하나 정도는 붙여도 좋다
오, 광주

* 최정운, 『오월의 사회과학』

엄마 생각

솜이불 뒤집어쓰고
내 손 꼭 쥐고
엄마는 먼 옛날이야기를 해주셨죠

엄마도 니만 할 때
엄마 품에서
솜이불 쓰고 잤단다

자고 나면
괜찮을 거라고

그때보다
총소리가 가깝다고

그렇게 커가는 거라고

웃지 못할 통계

온 광주에 붉은 강 흐르게 했으니 신군부 놈들 마무리를 져야 되는디, 처음엔 폭도 수를 늘리라는 거여 폭도가 많아야 진압 명분이 선다믄서 근데 며칠 지나니 이번엔 숫자를 줄이라고 하네! 전두환이가 곧 대통령이 될 거인디 죽은 사람 많으면 부담 된다고 그래서 잘됐다 했지 왜냐믄 식스틴에 맞아 죽어분 사람은 장례비를 지원해줄 수 없다는 원칙이 있었거든 즈그 총에 맞아 죽은 사람이 분명해도 우찌 하것어 장례비라도 받게 해줄라믄 웬만하면 카빈 총알 자국이다 엠원 흔적이다 해버렸지 시체가 썩었어도 식스틴과 카빈 총알 뚫은 것은 확연히 다르거든 창시가 흘러나오고 구더기 버글거린다는 핑계로 즈그 총에 맞았어도 우리 총에 죽은 것으로 해버린 거야 그땐 그랬어 참 지독한 시절이었제

빨갱이들

그거 알어? 5·18 부상자 대부분이 항쟁 초반에 발생했다는 거 도청 함락 과정에서 다친 게 아냐 시민들에게 발포하기 전 다친 사람이 항쟁 기간 부상자의 대부분이란 거야 그것도 18, 19 이틀 동안에 말이지 이게 뭘 말하겠어

아무런 이유 없이 길 가는 사람에게 진압봉 휘두르고 식당이나 다방, 당구장, 사무실, 도서관 등 보이는 대로 들어가 아무것도 묻지 않고 휘두른 무차별 폭력 군홧발과 육모봉으로 머리와 가슴, 등을 난타했지 그러다가 대검으로 찌르기도 한, 그저 폭력을 가해야만 하는 어떤 주술에 걸린 것처럼 방망이와 군홧발과 대검으로 머리 깨고 얼굴 찢고 배와 가슴을 찔렀지 다친 사람은 거의 그때 생겼다는 거야

이게 무엇을 뜻하냐고? 무엇인가 그들이 원하는 폭동이 일어나길 원했던 거지 그것을 뒷받침하는 말을 그들은 끌고 왔어 휘두르고 찌르며 걷어차던 술 취한

공수부대원들의 입에서 튀어나온 전가의 보도 같은 말
그 속에 모든 만행의 씨앗이 있었지 죽여도 되는 대상
을 지칭하는 저주의 말, 빨갱이들! 4·3 때도 그랬듯이

어디에도 붉은 꽃을 심지 마라*

그 도시에서는 붉은 꽃이 없다
붉은 꽃들은 모두 그날 사라졌다
차마 고개를 떨구고
누군가의 마지막 길을 따라갔다

어디에도 붉은 꽃을 심지 마라
꽃들도 줄을 세워 심지 마라

관이 동났다던 그 봄
퉁퉁 부은 얼굴을 어둠으로 덮은 그 봄
만삭의 그 봄, 서성대던 집 앞의 그 봄
버스에 날아든 총알의 그 봄
피가 뚝뚝 떨어지던 트럭의 그 봄
태극기 찢어진 도청의 그 봄
리어카에 실린 맨발의 그 봄
횡대의 거총과 군홧발, 착검의 그 봄
폭도로, 빨갱이로 내몰린 핏빛의 그 봄
꽃들이 먼저 고개를 꺾었다

어디에도 붉은 꽃을 심지 마라

황톳빛보다, 서쪽 노을보다 더 붉던
그날의 피와 울음 오롯이 드러내기 전에는
강낭콩보다 양귀비보다 맨드라미보다
더 붉게,
우리가 피어 있을 때까지는

* 정태춘의 노래 제목

두 친구

소년은 아침이 밝으면 따뜻하게 데워진 빵을 친구와 나눠 먹을 것이다
밤새 도청 안을 옮겨 다니며 품속의 단팥빵을 만져보곤 했다 그러나 소년은
총소리에 빵을 놓치고 쓰러진다 바닥에 떨어진 빵이 소년과 함께 식어 갔다

도경찰국 2층 복도에 교련복 차림의 두 사람이 무기도 없는 맨손으로 쓰러져 있다 광주상고 1학년 문재학과 안종필 노먼 소프*가 찍은 도청 함락 직후의 사진이 41년 만인 2021년 공개됐다

재학은 초등학교 친구가 총에 맞아 죽었다는 소식을 들었다 입관이라도 해줘야 마음이 편하겠다며 집을 나섰고 종필은 비참하게 죽어간 형들의 피라도 닦아주겠다고 매일 도청에 갔다

도청에서 만난 두 친구 시신 수습을 도우며 도청과 상무대를 오갔다 재학은 계엄군 도청 진입 전날 밤 걱정하는 어머니에게 전화를 했다 학생은 손들면 살려준대요

그러나 그날 새벽, 투항을 권유하는 선무보다 총알이 먼저 도청의 복도와 방으로 날아들었다 총도 항전 의사도 없는, 빵만 가진 두 사람에게 총을 쏜 것이다

사진을 다시 본다 무엇이 열다섯 소년을 도청에 남게 했을까 눈감지 못한 누나와 동생이 있었고 어디론가 끌려간 억울한 형이 있었으며 먼저 간 친구가 있었다

같이 갔구나! 사진을 본 사람들은 말을 더 잇지 못했다 김원일 소설 「두 동무」의 5·18 버전이었다 다디단 빵을 품고 함께 죽음을 넘을 수 있는 친구, 또 함께 죽을 수도 있는 친구! 사랑도 명예도 이름도 남김 없는, 가장 5·18다운 아름다운 동행이었다

* 1980년 5월 27일 오전 7시 30분, 가장 먼저 도청 내부 사진을 찍은 『아시아월스트리트저널』 서울지국 기자. 당시에 찍은 사진과 자료 200점을 2021년에 기증했다.

두 십자가

애비는 잡지 못했다
누군가 십자가를 져야 한다고 하지 않으셨습니까
그 말 남기고 아들은 집을 나갔다
계엄군 발포 소식에 애비도 집을 나섰다
계엄군은 퇴각했고 시민수습위가 활동하고 있었다
상무대와 병원을 돌며 시신을 확인했다
아들은 없었다 불안했지만 일단 안도했다
수습위는 무기를 반납하고 계엄군에 잡혀간 서른두 명을 데려왔다
거기 아들이 있었다
아들은 집에서 하룻밤을 자고 다시 나갔다
애비는 이번에도 잡지 못했다
수소문 끝에 찾아간 도청
아들은 시신을 수습하고 있었다
여느 애비들처럼 말했다
집으로 가자 훗날 네 뜻 펼칠 날이 올 것이다
정의가 죽어갈 때 누군가는 목숨을 바쳐야 한다고 하지 않으셨습니까

가르친 대로 아들은 말했고
애비는 또 아무 말 못 하고 돌아섰다
다음 날 새벽 도청 쪽에서 총소리가 하늘을 찢었다
목사인 애비는 성경에 손을 얹었고
신학생 아들은 총을 들었다
병든 역사를 위해 갑니다 일기장에 남긴 아들의 글
애비는 그 말을 가슴에 묻었다
그런 잠시 다시 일어나
아들의 짧은 연대기를 어깨에 졌다
죽는 날까지 아들을 가르친 그 길, 다시 걸어갔다

* 애비는 고 류연창 목사, 아들은 도청에서 산화한 한국신학대 고 류동운 열사.

젊은 시민군

지가 뭐 철학이 있어서 도청에 남았겠습니까
그저 힘내라고, 조심해 싸우라고
그 손을 잡는데 눈물이 불쑥 터지는 겁니다
우리 어머니들이 물수건으로 얼굴을 닦아주시고
배고프면 언제든 또 오라 하시는데
뜨거운 게 제 깊은 곳에서
북받쳐 올라와 눈 감을 때마다
우두둑 떨어지고
코끝이 찡하게 매워지더라 이겁니다
찔리고 벗겨진 누이들
팬티만 입은 채 무릎 꿇은 형들
걷어채인 어머니와 아버지들
내가 지켜야 되겠다고 불끈 손에 힘이 들어갔지요
온 광주 시민이
죽은 사람 빼고는 모두 일어나,
도와주고 막아주고 숨겨주고 닦아주고
피를 나누고 밥을 먹이고
생판 모르는 사람과 어깨동무로 온기도 나누고

함께 울면서 벽돌을 깨 나르고

바리케이드에 같이 엎드리고

너나없이 분노하고 뭉쳤던 날들이었죠

세상에 나와 처음으로 받은 떳떳한 이름, 시민군!

이런 세상이라면 죽어도 좋다는 생각

관자놀이 찌르르 경련 일었죠

이게 사람 사는 세상이구나

생각할 것도 없이 도청에 남는다 했지요

이 땅을 지켜야겠기에

사랑하는 사람을 찾았기에

나도 비로소 쓸 데가 생겼기에

깃발은 내려지지 않고

마지막 도청의 새벽

시민군 백오십여 명
계엄군 이만여 명

시민군 셔츠에 일부 방석모
계엄군 방탄조끼에 철모

시민군 카빈과 M1
계엄군 M16과 기관총

시민군 탄창에 총알 서너 발
계엄군 실탄 백사십 발

시민군 지프차와 트럭
계엄군 탱크와 무장헬기

시민군 희생자 21명

계엄군 없음

도청의 새벽
싸웠다고 말하지 못하네
지켰다고도 않네
다만 내리지 않았다고
깃발은 내리지 않았다고 고쳐 쓰네

너는 도청에 남았겠냐

그때 만약 금남로에 있었다면
도청으로 걸어 들어갈 수 있었을까 나는
도청의 그날 밤
찾아온 부모님과 애인을 돌려보낼 수 있었을까
총을 세워놓고 부모님 계신 곳 큰절 올릴 수 있었을까
패전을 기다리며
실낱같은 광주를 믿으며
결국 끌려갈 제 몸을 위로해줄 수 있었을까
떨리는 손가락 방아쇠 걸 수 있었을까
도청 창틀에 거총할 수 있었을까
핏빛조차 삼켜버린 칠흑 어둠
쓰러지는 형제들 곁에 누울 수 있었을까
시를 쓰면서 나에게 던진다
너는 도청에 남았겠냐

부끄러움은 힘이 세다

시민 여러분, 지금 계엄군이 쳐들어오고 있습니다 사랑하는 우리 형제자매들이 계엄군의 총칼에 죽어가고 있습니다 우리는 광주를 사수할 것입니다 우리는 최후까지 싸울 것입니다 우리를 잊지 말아 주십시오

최후의 날 새벽 3시 50분
도청 스피커에서 카랑카랑 여자 목소리가 흘러나왔다

도청으로 오라는 말 없이 다만
잊지 말라고 한다
차라리 총을 같이 들자고 했으면
이렇게 아프지 않을 것을

잊지 말라는,
패배와 죽음을 예비한 그 목소리
그 떨리던 목소리
살아남은 이의 가슴에 화인을 찍었다

창문에 이불을 씌우고 엎드린 사람
총소리에 잠시 밖을 서성거린 사람
이를 악물었어도 골목조차 나갈 수 없었던 사람

광주는 그러나
그날의 부끄러움으로 살아난다
부끄러워서 싸웠고
부끄러워서 투사가 되었다
부끄러움의 힘으로 성채를 쌓았다

오월이 아니었으면 유월이,
오월이 아니었으면 촛불이 있었을까

허나 광주는 아직도 미완성
부끄러움도 고백도 없이
때 되면 나타나 망월 비석 어루만지는,
아무것도 아닌 것들이 정말 아무것도 아니게 사라

질 때까지

도청은 진행형

부끄러움 아직 다 지우지 못했기에

5·18은 지금도 현재형

최후의 성체

몸과 피를 내어준 그 새벽
주검들이 도청 밖으로 끌려 나왔다

피 흥건한 주검
아무런 존엄도 없이
바짓단 잡힌 채 계엄군에 끌려 내려가면
돌계단에 뒤통수 떨어지는 소리
텅, 텅, 텅 또 텅, 텅, 텅, 텅
머리로 찧은 십자가의 길

기다란 궤적이 도청 마당까지 이어지고
아무렇게나 밀쳐놓은 시신
그 피비린내 위로 굶주린 군가 울려 퍼졌다
멸치 상자 던지듯 시신을 트럭 위로 던지지만,

그것은 성체다

지금은 캄캄한 어둠일지라도

언젠가 저 내던져진 것
청소차에 실려 가는 저것
너희가 거룩하게 영할 날 있을 테니

폭도라고, 빨갱이라고 딱지 붙인 저 붉은 것
모른다고 고개를 가로저을 저것
세 번 아니라
세 번씩 서른 번이라도 부인할 엄혹한 시절 올지라도
그것은 성체다
제단에 내어준 몸과 피다

오월 문학제에서 마음속 성체를 영합니다
전일 245 움푹 팬 탄흔들
그 앞에 서서 목소리 듣습니다
—너희는 나를 기억하여 이를 행하여라

오월에 내리는 비

광주에 비 온다
오월 광주
무등의 비가 내린다

비 오면 꽃그늘 아래
떨어진 꽃잎 떠가고
그 꽃잎들 어디 이름이나 있었으랴

오월 광주 비 온다
밥과 피와 숨, 숨, 숨
뜨거웠던 말들 하나하나 젖는다

금남로에 비 오면
오월 비 맞으며 걷는 사람

무등 광주에 비는 오고
광주천 검붉게 울다
꽃잎 함께 극락강 흘러간다

돌아오지 않는 그해 오월 사람
이팝 꽃길 밟고 오시라
오월 광주에 비가 내린다

망월 광주에도
파릇파릇 비는 오고
무등산 하 산천은 일어서고

더 길숨해진 어매의 손
오월 빗속
검은 음각을 쓸어내린다

4 부

큰 꿈은 없고 다만

팬데믹을 받아 적다

마스크 사철 써보니 어때? 마스크 앞에서는 모두 익명이지 너희들 익명 좋아했잖아 가면무도회도 있고 인터넷도 사실 익명이잖아 숨어서 하고 싶은 대로 총 쏘아댔잖아

악수 없는 거 어땠어? 포옹도 허그도 비주도 없으니 어땠어? 환하게 다가와서 악수하고 포옹하며 가슴에 칼 품은 적 없었어? 아니라구? 울긴 왜 울어

그동안 너희들 너무 먼 것을 탐했어 빙하 녹은 물 알프스 눈 녹은 물 슈퍼에 그득했잖아 한우가 그레이트 플레인즈 건초를 먹고 스페인에서 포도가 오고 베링해 명태로 전 부치고 홍어는 칠레에서, 아마존 통나무가 태평양을 건너왔지 갑자기 무슨 턱도 없는 소리 하냐구?

따져보니 너희만 늘었더군 시베리아호랑이, 세렝게티사자, 북극곰, 코끼리물범 다 줄었는데 너희 인간을

위한 개, 돼지, 소, 닭은 늘었어 그걸 먹고 사람 머릿수만 복닥거리게 되었지 그렇게 죽이고 죽였는데도 인간은 80억이 넘는단다 하이고, 이게 팬데믹과 무슨 상관이냐구?

너희는 너무 한곳에 몰려 살았어 서울로, 서울로 박 터지게 들이밀었어 포도송이처럼 모였지 이제 좀 흩어져라 한곳에 뭉쳐 있으면 큰일 난다는 거 이번에 느끼지 않았니? 이건 또 무슨 뚱딴지 같은 호들갑이냐구?

사스, 에볼라, 메르스에 이어 코로나19라고 부른다더군 부르는 건 너희들 자유! 하지만 아직도 내가 코로나19로만 보이니? 내가 분명 말한다 흩어져라! 멀리 구하지 말고 멀리서 그리워하며 살아라! 무슨 인사가 그렇게 명령조냐구?

아무튼 기억해 친구, 나 또 온다

서울까지만 간다

그 무렵 우린 통일호를 탔다
그저 서울까지 가려고
거창하게 통일호에 올랐다

한반도의 반밖에 가지 않았는데
한 명도 빠짐없이 내렸다
누구도 다음 역을 묻지 않았고
아무도 통일호에서 통일을 생각하지 않았다

서울이라는 가짜 종착역에 내려
아직 힘이 남은 듯 씩씩대는 열차를 남으로 돌려보냈다
그 열차 타고 감히
북으로 가자 했던 사람 있는가

이기형 시인은
백두산 귀향 표를 살려는 놈이 미쳤나
기어이 못 팔게 하는 놈이 미쳤나, 일갈했고

임수생 시인은 술 취해 택시 타면
기사 양반 평양 쪽 가입시더, 소리쳤다

기개 있던 시인들 가고
통일은 먼 나라에서 온 거짓말 같은 말이 되고
쇳소리 산천을 울리던 철마는
38번선 한번 뚫지 못하고 퇴역했다

평양 개성 신의주 원산 함흥
이정표 사라진 역두에 우두커니 서서

미치지 않았으니
서울까지 가는 것도 고마워
휴대폰으로 표 끊고 조용히 기차를 탄다
당연한 종점 서울까지만 간다

국민의 군대에 고함

I

대한민국 정부가 수립되기 전
국민의 군대라는 예지적 물음을 던진 군인이 있었다
문상길 중위
연대장을 죽여 총살당한 제주 제9연대 중대장

4·3은 그를 두 방향에서 관통했다
도민을 구한 의로운 군인
상관을 암살한 남로당 군 세포

빛과 그림자

그는 창설 부대에서 두 사령관을 모셨다
김익렬과 박진경
김익렬을 도와 무장대와 평화회담을 열었고
후임 박진경의 강경 진압에 반발, 그를 사살했다

그의 일생 중 가장 빛났던 때는
1948년 4월 28일 낮 12시
제9연대장 김익렬과 무장대 사령관 김달삼이 만난 날이다
무기를 내려놓은 그날
김달삼은 요구 사항 맨 앞에 단정 반대를 꺼냈다
그것은 너무 먼 꿈

구억국민학교에서 잡았던 손은 삼일만에 끊어졌다
연대장은 교체되고
미군정에 발맞춘 무자비한 살육이 자행됐다
진압의 공으로 박진경이 진급하자
6월 18일 새벽 손선호 하사를 시켜 그를 쏘았다

몇 달 후 9월 경기도 야산
나무 기둥에 묶인 문상길
여러분은 조선의 군대입니다 바라건데 민족을 학살하는 군대가 되지 말길 바랍니다

대한민국이 들어섰지만 조선의 군대라 했다

Ⅱ

4·3 때 국민을 학살한 군은
광주에서도 국민에게 총을 겨누었다
4·3 때와 같은 보복 학살

1980년 5월 23일 오후 광주-목포 간 국도
공수부대원에게 포탄이 날아들었다
공격한 쪽은 매복하고 있던 전교사 산하 보병학교
병력

보병학교는 공수를 시민군으로 오인했고
공격받은 공수도 시민군의 공격으로 생각했다
백주 대낮에 자기들끼리 포탄을 퍼부었다

보병학교가 뒤늦게 알고 물러났지만
그때까지도 시민군의 소행이라 생각한 공수,
부대원 8명을 잃은 분을 삭이지 못하고 인근 마을로 쳐들어갔다

폭도를 내놓아라!
민가를 뒤지더니 밭고랑으로 청년 넷을 끌고 갔다
청년들은 우린 몰라라, 몰라라 울부짖었다
탕— 탕— 탕— 탕—
마을에 진입한 지 채 5분도 지나지 않아 총성이 울렸다

즉결 처분, 대살
4·3 삼십 년도 더 지나
총 사주고 옷 입혀준 국민에게
오인 총질한 군대가 주인에게 총을 겨눴다

Ⅲ

국민의 군대를 꿈꿨으나
대한민국 제1호 사형수가 되어버린 문상길
상관을 죽이고 살아남을 것으로 생각하지 않았습니다
목숨 건 사람의 말은 여전히 묵직하다

대한민국 국민으로는 하루도 산 적 없는,
일제와 미군정 아래 산 조선 사람
그가 세상에 온 지 머잖아 백 년

4·3 아니어도 어느 좋은 날
모슬포 작은 언덕 돌무덤 하나 있었으면
젊디젊어 산 헤맨 사람들
제주 맑은 술 한 잔 올렸으면
부둥켜안고 울 아기장수 그때쯤 오셨으면

그 바다 그 골목의 아이히만

I

악은 초자연적인 것 사탄의 체현이라고 믿던 시절이 있었다 이기심이나 권력에 악은 추동되기도 했고 이십 세기 전체주의 후에는 이데올로기에서 악의 근원을 본 사람도 있었다

II

아이히만은 유대인들을 수용소로 실어 보내는 책임자였다 이송은 명령이었고 자신의 행위는 행정적 절차였다고 그는 말했다

한나 아렌트는 『예루살렘의 아이히만』에서 악의 평범성에 주목했다

아이히만은 바람 속 낙엽처럼 아무 생각 없이 역사의 현장으로 들어왔을 뿐이며 사유의 부재가 악의 근원이라고 아렌트는 썼다

III

감사관이 묻는다
세월호 선장에게 왜 승객들을 퇴선시키라고 지시하지 않았습니까
진도 VTS 관계자가 답한다
세월호 선장에게 승객 퇴선을 지시했는데, 세월호가 (다행스럽게) 침몰하지 않는 상황이 발생하여 퇴선한 사람이 죽거나 실종되었다고 하면 그 책임을 누가 지겠습니까

작위보다는 부작위가 낫다는 이 허망한 진술!

골든 타임 삼십 분이나 그 배와 교신했던 그는 사고 후 이렇게 변명한다 배가 침몰하는 상황에서 승객들이 선실 내부에 있을 거라고는 상상도 하지 못했습니다

Ⅳ

이태원 참사 네 시간 전부터 수십 건의 112 신고가
있었다 내용은 모두 비슷했다
압사 당할 것 같아요, 넘어지고 난리가 났어요, 대형
사고 나기 일보 직전이에요 여기 길 좀 내주세요……

한 번이라도 생각이 있는 사람이 현장에 나갔더라면,
경찰 기동대를 보내달라, 차도를 개방하여 인파를
분산시켜라, 이태원 역부터 혼잡하니 무정차 통과 조
치하라
우리 경찰은 왜 이런 보고를 할 수 없었는가

사유란 타자의 입장에서 바라보는 윤리
타자의 고통 속에, 타자의 간절한 바람 속에, 타자의
두려운 절망 속에, 타자의 공포 속에, 타자의 울음 속
에 한 번도 서 보려고 하지 않은 그 바다에서와 같았던
그 골목의 어둑서니들

V

아무 생각 없이, 아무런 사명감 없이 그저 신고나 받아주고, 그저 구조선이나 보내주고, 그저 골목길로 경찰을 출동시키고, 신고 전화가 또 오면 나가보겠다고 말하며 바쁘게 일하는 척했지만

실제로는 아무런 행위를 하지 않은, 부작위의 아이히만들

그저 왔다갔다 한 현장의 아이히만부터, 미리 생각하고 마땅히 행사해야 할 큰 힘을 가진 꼭대기의 아이히만까지

VI

한나 아렌트의 지적은 이렇게 변주된다

사람들을 죽음으로 내몰고도 전혀 가책을 느끼지 않아요 이송 기차가 떠나면 자기 일을 마친 거죠

—그들은 선내 대기하라는 방송을 했고 구명동의를 입으라고 했으며 해경에 구조 요청을 했으니 자기 일을 다 한 겁니다

그는 스스로 결정해서 한 일이 없고 선의도 악의도, 어떤 의도도 없었으며 그저 이송 명령에 복종했던 거죠

—그들은 행인을 죽일 아무런 의도도 없었으며 그저 최선을 다해 신고를 받았고 현장에 갔던 겁니다

유대인을 죽음의 강제수용소로 실어 보낸 작위와 그 바다, 그 골목의 부작위는 뭐가 어떻게 다른가

사유 없는 모든 것은 악이라는 것
어떤 모습으로도 악은 나타날 수 있다는 것
악은 스스로 존재하는 것이 아니라 만들어진다는 것
때론 작위보다 부작위가 더 큰 악이 될 수 있다는 것

데자뷰

하늘에 구멍이라도 난 듯 비가 퍼부운 서울
2022년 8월 8일 밤 9시
신림동 반지하
흙탕물이 지하 출입문으로 쏟아졌다
안에는 여자 셋
40대 가장과 발달장애 언니, 그리고 열세 살 딸
119는 전화를 받지 않았다
함께 살다 병원에 입원한 엄마에게 전화했다
엄마, 수압 때문에 문을 열 수 없어
119는 삼십 분만에 왔다
그러나 고요한 반지하……
물은 차오르고 구원은 오지 않던
그 격벽, 그 바다에서처럼
탈출구는 없었다
반지하라는 특별시의 그늘
어머니들 말씀하셨지
뜻 없이 구덩이 파지 마라고
그 구덩이 애먼 목숨 요구할 날 있을 거라고

이것은 재해인가 사회적 타살인가
다음 날 그곳 여러 사람이 구경난 듯 다녀갔다
많이 본 기시감, 무엇이 달라지던가
빨라야 할 것은 느렸고
느려도 될 것은 너무 빨랐다
팔 년 전 그 바다에서도
그 반지하 두어 달 뒤 그 골목에서도

눈물이 법이 되는

물 수(水)에 갈 거(去)
법 법(法)
물 흐르듯 가는 것이 법이라 배웠지

맞는 말
하지만 살아보니 물은 눈물이었어
물 흐르는 게 아니라 눈물 흘려보내는 것이었어

한 발 더 들어가
법은 약자의 눈물을 닦아주는 것이라 가르쳤다면
국어 시간에
정치 역사 경제 사회 모두 배우지 않았을까

법으로 밥 먹는 이들 중에는
법의 자구를 뜯어 먹는 법 하이에나
법으로 꺾고 비트는 법 기술자
법대로 외치는 법 외눈박이가 수두룩하고
법을 베거나 법으로 베는 법 무사가 된 이도 있지만

법이 눈물을 닦아주는 거라면
억울한 밑둥까지 살펴야
제대로 법으로 밥 먹는 사람

결국 법을 공부하는 것은
법을 달달 외는 게 아니라 눈물을 공부하는 것

그렇게 통섭했다면
수많은 조영래가 있지 않았을까
눈물이 법이 된 시대 벌써 오지 않았을까

형용사는 불온하다

몇 년 전 어느 국가 기관의 원훈석 제막식
커다란 바위에 음각한,
국가와 국민을 위한 한없는 충성과 헌신
뉴스를 보는데 흡! 헛웃음이 나왔다
한없는, 때문이다

형용사는 믿을 게 못 된다
새빨간 거짓말을 캐듯
사상이 불온하다
엉뚱한 기표에 고매한 기의가 꺼꾸러지기 일쑤다

국가와 국민을 위한 충성과 헌신!
단출하고 아름답지 않은가
누가 은하 너머의 말을 끌어왔는가

한없이,
바라지 않으니
그저 충성과 헌신만 해주시라

사람은 그대론데 글만 바뀐다

바위가 무슨 죈가

바위에 새긴다고 글이 바위가 되진 않는다

대한민국 만세

인민군 총알 한 방 날아오지 않은 부산
그 국토 최후방에 국군의 총성이 요란했던 적 있었다
누굴 향해 쐈을까

1950년 7월에서 9월
부산 구평동 동매산 8부 능선
수십 명씩 철사에 묶인 채 실려 왔다

미리 커다란 구덩이를 파놓고
두 사람씩 나무 위에 걸터앉게 한 다음
뒤에서 총을 쏘았다
앞사람이 굴러떨어지면 뒷사람이 그 자리에 앉았다

그들은 민간인
사형수도 포로도 아닌 대한민국 국민
총을 겨눈 이는 소련군도 중공군도 북한군도 아닌
대한민국 국군

어떤 날은 나무 말뚝을 먼저 세우더니
여남은 사람 끌고 와 나무에 묶고 목을 쳤다
무슨 죄를 지었길래
해방 조국에서 일본도에 죽임을 당하는가

또 다른 날에는 죽기 전에 하고 싶은 말을 하라 했다
어떤 이는 인민공화국 만세를 외쳤고
어떤 사람은 반장이 도장 찍어라 해서 찍었다며 울먹였다
또 어떤 남자는 체념한 듯 시체 구덩이로 뛰어들었고
어떤 여자는 빨리 죽이라며 대거리를 하다가 벌집이 됐다
대한민국 만세라고 히죽 웃은 젊은이도 있었다

학살된 사람은 부산 형무소 재소자들
전국의 보도연맹원, 제주 4·3과 여순 관련자, 좌익 혐의자들이었다
기결수도 있었고 재판 중인 사람도 있었지만

영문도 모르고 불려 온 사람이 대부분이었다
그들은 아무 절차나 기록 없이 국가로부터 지워졌다

인민군이 들어오면 봉기할 것이라는,
여순 때 부역자 색출로 악명 떨친 어느 일본군 출신의 말에
후퇴를 거듭하던 국가는 자국민부터 학살했다

동매산뿐 아니라 광안리, 다대포, 해운대 달맞이 고개, 오륙도와 암남동 바다, 영도 동삼동, 장산 골짜기, 회동 수원지, 반송동, 구포동, 복천동, 영주동 부산의 산과 계곡에 붉은 강이 흘렀고 앞바다 여기저기 한 맺힌 수장터가 되었다*

발굴도 호곡도 조사도 없는 칠십여 년
이름 없이 떠도는 1,500여 참담한 죽음들
총구를 국민에게 돌린 나라여 이제라도 답해야 되지 않겠나

어느 억울한 청년이 대한민국 만세!
대한민국 만세라고 하지 않았나

* 김기진, 『끝나지 않은 전쟁, 국민보도연맹』

목줄

개가 사납게 짖는군요 주인이 말리니 송곳니를 더욱 허옇게 드러냅니다 TV 속 전문가가 주인을 다른 방에 가게 하는군요 짖다가 주인이 없는 걸 안 녀석, 일순간 잠잠해졌습니다 충직한 저의 복무를 지켜봐줄 주인이 없어졌기 때문이라네요

문득 그해 시월이 생각났습니다 시위대를 멀찌감치 구경하다 파출소에 끌려갔습니다 빨갱이라 하더군요 빨갱이 새끼가 고개는 왜 빳빳하냐며 곤봉으로 쳤습니다 돌과 화염병을 던졌다고 미리 조서에 써놓았더군요 손도장 거부했더니 빨갱이 새끼!라며 매타작했습니다 이송된 경찰서에서도 빨갱이 주제에 뭘 따지냐며 주리를 틀었습니다 그래도 부인하니 물고문을 했습니다 빨갱이는 죽어야 한다며 비닐봉지를 머리에 씌웠습니다 그렇게 혼절하여 쓰러진 다음 날 아침

시키지도 않은 사식이 유치장에 배달돼 왔습니다 말끝마다 붙어 있던 빨갱이는 사라지고 학생이라고 순

하게 불렀습니다 꿈을 꾸나 했지요 쟁반 덮은 신문을 살며시 걷는데 유고! 주먹만 한 활자가 박혀 있었습니다 주인이 다시는 돌아오지 못한다는 걸 아는 똑똑한 멍멍이들이었습니다 새 주인을 기다리던, 흔들리는 눈동자도 그때 보았습니다

날씨는 좋았고 바다는 잔잔했다

배가 기울었지만 원해 아닌 근해
신고를 받고 헬기와 경비정이 왔을 때
—엄마 내가 말 못할까 봐 보내놓는다 사랑한다
(9시 27분)
날씨는 좋았고 바다는 잔잔했다

날씨는 좋았고 바다는 잔잔했다

사람이 나와야 뭐 건질 거 아니어요
몇 백 명 실었다는디
사람이 어여 나와야 된디 사람이 안 나와부러

아, 니미 사람이 안 나와부네
배가 기울어 있으면 구명조끼를 입혀서
딱 사람을 빼쳐 버려야지 물로다가
선장이 뭐하는 것이여

날씨는 좋았고 바다는 잔잔했다

—선장님, 고 상황에 대해서 사진으로 좀 찍어 보내주십시오
날씨는 좋았고 바다는 잔잔했다

옴마 옴마 다 죽고 한 사람도 못 구하네
들어가분다 들어가부네
니에미 씨벌 사람도 못 구하고
에이 니미 씨벌

선원들도 배를 버린 지 삼십여 분,
배가 가쁜 숨을 내뱉고 배를 보이던 10시 17분
깊은 곳에서 카톡이 왔다
—기다리래, 기다리라는 방송 뒤에 다른 방송은 안 나와요

날씨는 좋았고 바다는 잔잔했다

* 그 바다의 침몰 사고 당시 어민들 무전.

바보는 늘 새 같아서

바보는 사람이 좋다
바보에게는 친구가 많고 형제가 많고 누이도 많다
주머니는 늘 비어 있다
그가 걱정하는 것은 자신의 빈 주머니가 아니라
사랑하는 이의 빈 주머니다
제 것을 털어 주는 것은 아름답다
제 입을 포기하는 것은 숭고하다
그가 몸에 불을 붙인 것은
제 몸조차 바보 같은 사람들에게 나눈 것이다
가엾은 누이와 입 없는 아우에게
우리는 기계가 아니다며
나누다 나누다 마지막 남은 목숨을 부친 것이다
사람을 사랑해본 사람은 안다
바보!
어떻게 해볼 수 없는 까무룩한 절벽 아래
마음 기댄 이에게 던지는 가장 사람 냄새나는 말
바보회를 만들고
바보처럼 살다 바보로 다녀간

스물둘 젊디젊은 바보!

형, 또 다른 바보 형은 만났겠지요

이름 앞에 늘 바보 두 자 붙던 대통령 말입니다

천상에서 함께

사람 사는 바보회라도 만들었겠지요

바보는 늘 새 같아서

후룩 미련 없이 자릴 뜨고,

저 홀로 푸르른 하늘을 날아가고

구불(狗佛)

개가 되어야 합니다
오로지 개처럼 살아야 합니다
냉장고 문을 열고는, 왜 열었지? 하시는 분
내가 무슨 말을 하려 했더라? 대화가 자주 가출하시는 분
개가 되셔야 합니다
개의 머리에는 오로지 일순위만 있습니다
가장 화급한 것! 그것뿐
딴생각 틈입할 틈이 없습니다
양다리 같은 것은 상대하지 않습니다
한 구멍입니다 당연히 잊어버릴 일 없지요
화두를 잡듯 물면 놓지 않습니다
구자무불성(狗子無佛性) 아닙니다
이쪽저쪽 갈지자 가시는 분, 내로남불 하시는 분
개가 되어야 합니다
서울 어느 섬에 서식하는 분들
정말 훌륭하십니다 끝까지 물어뜯으십시오
거의 개가 다 되어 갑니다

게나 고동이나 귀뚜리나 꼽등이나
니 잘났네 내 잘났네 정말 잘 싸우십니다
이제 개가 다 됐습니다
개새끼들! 절대 욕 아닙니다
성불(成佛) 일순위 명단입니다
옛날은 잊고 하나만 붙잡고 죽이십시오
생긴 그대로 구불 직행입니다

멧비둘기가 우는 법

오월 광주 어느 시인께 들은 이야기
네 박자로 구, 구우— 구, 구 우는 멧비둘기
요즘 이렇게 운단다
어, 찌이— 살, 꼬 어, 찌이— 살, 꼬

돌아와 밭일하는데 뒷산에서 종일 운다
어찌이 살꼬 어찌이 살꼬
자꾸 듣다 보니 정말 그렇게 들린다

뒷편 대숲에서도 쏴쏴 무성한 말이 쏟아진다
사람의 일이 답답해졌을 때
입 없는 것들이 말을 했다
동학 때 만석보 댓잎들도 그랬을 것이다
농민은 대를 꺾어 들고

이 땅의 피 끓는 말은 늘 네 박자였다
보국안민, 척양척왜에서 조국해방, 남북통일, 계엄
철폐, 독재타도

뜻은 컸지만 말은 길지 않았다

그걸 아는지 멧비둘기가 네 박자로 운다
목쉰 듯 간절하게 산에서 운다
한반도 산마다 피보다 붉게 운다

온 산 떠나갈 듯 울음 운다
아직 멀었다는 듯
네 뚫린 귀로 알아서 들으라는 듯
구, 구우— 구, 구
구, 구우— 구, 구

태극기를 더 내려 단 날

조기를 건다
오늘은 6월 6일 현충일

전쟁 끝나고 3년 후 1956년
끊어진 남쪽 나라
희생자들을 추념하려고 만든 날

그러나 6월 6일은
그 일곱 해 전 1949년
경찰이 반민특위를 습격한 날

강도가 조사관을 끌고 가
무릎 꿇리고 고문한 날
일개 권력이 국가를 패대기친 날

나라 무너진 그날
조기를 걸고
내린 만큼 더 내려 현충일을 단다

그러나 유령 아닌 것들

그는 죽었다 죽었다고 했다 눈으로 확인하진 않았지만 다들 침몰한 그 배에 타고 있었다 했다
분명 그는 그해 4월 죽은 것이다

우리는 침몰한 배와 함께 그를 묻었다 광장에서 손바닥 보이며 선서했고 주먹 쥐고 구호를 외쳤다 장송곡을 힘차게 불렀으며 촛불의 눈물을 믿었다 보진 않았지만 어느 누구도 감히 그의 죽음을 의심하지 않았다 그는 명명백백 그날 죽었고 우리는 묻었으며 그는 묻힌 것이다

하지만 언제부턴가 그가 죽지 않았다는 소문이 바퀴벌레처럼 기어다녔다 곳곳에 나타났다가 감쪽같이 사라졌다 지하철 스크린 도어에, 공장의 컨베이어 벨트에, 육중한 기계의 아래나 그 사이에, 건물 높다란 외벽에, 거대한 정화조에, 지하 물류창고에, 좁다란 골목길에

그는 죽지 않았다

끈질긴 유전자처럼, 잠복한 바이러스처럼 그는 살아 있었다 사람 빠진 원가계산서에, 노동생산성이나 자본 이익률에, 보이지 않는 테이블 밑에, 어제와 똑같은 공문서에, 움팍한 숟가락 위에, 침을 꿀꺽 삼키는 긴 목젖 아래 성실하게 그는 살아서

계산이 계산을 질러가는 곳에, 이해가 이해를 휘감는 곳에, 힘이 힘으로 할딱이는 곳에, 관행이 관행을 물고 늘어지는 곳에 나타났다

그러나 우리는 침묵한다 보지 않았기에 유령이라고 생각한다

길을 가고 통화를 하고 밥을 먹고 담배를 피우고 사랑을 하고 퇴근을 하고 술을 마시고 울다가 웃다가 어느 행복하고 아름다운 순간 소리 없이 그림자 없이 연

기처럼 그가 인사를 하면

우리는 습관적으로 애도를 하고 한 송이 국화꽃을 제단에 바치고 묵념하고 다짐을 하지만 다음은 생각하지 않는다 그 틈새에 끈질기게 뿌리를 박고 죽지 않고 그는 살아서

어느 날 상상도 할 수 없는 곳에서 또 호명을 한다 허를 찌른 후 낄낄거리며 가소롭다는 듯 한바탕 휘젓고 유유히 사라진다 그를 본 사람은 말을 못 하고 살아남은 사람은 그의 얼굴과 이름을 여전히 알지 못한다

— 해설 꽃과 몇 사이, 사람의 일을 묻다

김동현(문학평론가)

1. 행동하는 질문

냉소와 무기력의 시절을 지나고 있다. 세상은 무도하고, 희망은 우리 곁에 없다. 한 사람의 열 걸음보다, 열 사람의 한 걸음을 신뢰하며, 함께의 힘으로 무도한 세상을 바꿀 수 있다고 생각했던 때가 있었다.

아름다운 시절은 지나갔다. 남은 것은 비천한 욕망뿐이다. 차마 마주하고 싶지 않은 우리 시대의 밑바닥이다. 욕망을 좇는 일이 부끄러움이 아니라 삶의 치열함을 드러내는 징표가 되어버렸다. 한때 유행처럼 번졌던 코인 투기나, 주식도 매한가지다.

시효가 끝난 언어들이 다시 등장하고, 각자도생의 악

다구니로 소란하다. 그럼에도 세상은 좀 더 좋아질 것인가. 시정의 밤거리에서, 울분에 찬 술자리에서 종주먹을 들이대는 질문들도 때론 무기력하다. '역사는 결국 전진할 것이다'라는 오래된 믿음마저 흔들린다. 타자를 향한 손가락질이 날카로운 창처럼 번득이고, 나만 아니면 된다고 안도한다. 당신의 불행이 오늘 나의 불행이 아니길 바라는 위안의 외투 안에서 겨우 살아가고 있다. 모두가 악인이 아니지만 세상은 점점 더 나빠지고, 죄의식에 빠지지 않을 만큼의 자기 위안들 속에서 우리들의 언어는 점점 왜소해지고 있다. 아무도 실패를 바라지 않지만, 모두의 실패로 끝날 수밖에 없는 자기 합리화의 무한 반복이다. 해야 할 일과 할 수 있는 일을 저울질하지 않고, 할 수 없는 일과 해도 안 되는 일들을 견주는 환멸만이 가득하다. 난국의 시절, 과연 우리는 어디로 가고 있는 것일까.

'더 이상 깃발 군중을 기다리지 마라'고 노래하던 때가 있었다. 1991년 5월의 싸움이 끝난 후였고, 1992년 대통령 선거에서 김대중 후보가 패배한 즈음이었다. 불온한 오늘에 침을 뱉으면서도, 낙관적 전망을 포기할 수 없었던 시간들. 진창의 날들이었지만 '무너진 가슴들 이제 다시 일어서고 있다'는 희망마저 버릴 수는 없었다. 흐르는 시간 속에서 한숨을 내뱉으면서도 우리들의 시대가 역사의 계단을 향해 오를 수 있다는 기대를 품었다. 노래처럼

한 시대가 흘러갔다. 그 시절 노래를 들으며 결기를 다짐했던 이들도 늙어버렸다.

노래가 지난 시절의 알리바이가 아니라면 지금 우리는 무엇을 기억해야 하는가. 사실은 형해화되었고, 모든 관계가 계약으로 치환되어버린 오늘, '화려한 과거' 따위가 도대체 무슨 힘이 있는 것일까. 그래도 세상은 나아질 것이라는 기대를 하기에는 오늘의 반동이 위태롭다. '공산전체주의'라는 형용모순과 '이념 전쟁'이라는 대결과 억박의 언어가 다시 등장했다. 역사는 두 번 반복한다고 했는가. 한번은 비극으로, 또 한번은 희극으로. 오늘의 퇴행은 비극도 희극도 아니다. 우리 역시 희비극을 관람하며 환호와 눈물을 쏟아내는 관객이 아니다. 우리 모두는 무대 위에 함께 있다.

지젝은 우리 시대의 최우선 과제를 직접적 개입과 변화를 위한 행동이 아니라 헤게모니에 대한 질문을 던지는 것이라고 했다. 운동이 아니라 질문, 행동이 아니라 방향에 대한 회의가 필요하다는 지적이리라. 그렇다. 질문 없는 행동은 위험하며 행위 없는 질문은 무기력하다. 김수영의 표현을 빌리자면 질문을 던지며 동시에 행동하는 것, 행동하는 질문, 질문하는 행동이 무책임한 연기를 바로잡는 것이며, 역사의 수레바퀴를 감당해야 하는 우리의 책임이다. 누군가가 '역사의 수레바퀴마저 사라져 버

렸다'고 탄식할 때 함께 한숨 짓는 것이 아니라, 새로운 굴레를 창안해 내려는 힘. 그것은 질문하는 자에게 주어지는 필연의 무게이다. 하여 오늘, 시는 무기력의 한때를 버티는 최소한의 안간힘이다.

2. 오독이 만들어낸 은유의 세계

지그문트 바우만은 밀란 쿤데라를 인용하면서 시인의 사명은 숨어 있는 것을 찾아내는 것이 아니라 자명한 진실의 벽에 부딪히는 것이라고 했다. 명백하고 자명한 진실을 대변하는 자들을 가짜 시인이라고 규정하는 그의 말은 시와 시인의 숙명이 어디에 있는지 잘 보여준다. 시는 은폐된 한계의 벽을 온몸으로 들이받는 존재다. 명백하게 존재하지만 아무도 보려 하지 않는 현실의 벽에 부딪혀 자신의 피로 우리가 믿어왔던 오늘의 허위를 드러내는 자이다. 어쩌면 시는, 시의 언어는 기꺼이 썩어가는 운명을 감수해야 하는지 모른다. 오늘의 폐허에서 부패하면서 언젠가 오늘의 땅이 생성으로 가득하기를 바라는 안간힘. 지금 우리가 독해해야 하는 것들이 있다면 이렇게 '겨우의 힘'으로 버티는 어떤 간절함들이 아닐까.

한 계절 김형로의 시편을 골똘히 읽으면서 제일 먼저

든 생각은 세상이 무도하더라도 끝내 버텨야 하는 간절함 같은 것들이었다. 그것은 쾌도난마의 해결책이 더 이상 존재하지 않는 이 세상에 던지는 질문이자, 모든 것을 잃어버리더라도 끝내 버릴 수 없는 마지막 끈 같은 것이다.

김형로는 「좋은 사람」에서 "정말 모르겠다/ 좋은 사람이란 말/ 좋은 나라, 좋은 대통령은 조금 알 것 같은데/ 좋은 사람 이 말은 모르겠다"고 말한다. '정말'이라는 부사까지 쓰면서 "모르겠다"고 말하고 있지만 이것은 무지의 고백이 아니다. 오히려 '좋은 사람'이라는 통념을 회의하며 '좋음'이 무엇인가를 묻는 질문이다. 아리스토텔레스를 시작으로 '좋음'이 무엇인가는 오랜 철학적 질문이었다. "여태 살고도 이 말 모르겠어/ 좋은 사람이라든가, 사람 좋던데 같은 말"이라는 그의 고백은 "인간적으로 좋은 사람이냐고" 묻는 통념이 과연 좋음을 따질 수 있는지를 묻는다. 여기서 한 발짝 나아가 그는 "인간적으로 악한 사람도 있나"고 물으며 어느 고문 기술자의 이야기를 능치듯 끼워 넣는다. "어느 기술자가 대학생을 고문하다 쉬는 시간에/ 제 자식의 대학 진로를 물었다는데/ 이 사람은 인간적으로는 좋은 사람인가"라는 그의 질문은 좋음을 선악의 이항대립으로는 규정할 수 없음을 지적한다. 오히려 그는 "사회적으로 역사적으로 이성적으로 문법적으로/ 진짜 인간적으로"라고 반문한다. 그것은 인간의 선함

을 인간의 자리가 아니라 사회적, 역사적, 이성적, 문법적 자리에서 되물어야 파악할 수 있다는 지적이다. '인간다움'을 묻는 질문이 별 무소용이 되어버린 시대, 만인의 만인을 향한 악다구니가 가득한 세상에서 이러한 질문은 인간이 끝내 놓치지 말아야 하는 윤리의 끈이 무엇인지를 찾는 탐색이기도 하다.

누군가는 이러한 진술이 고리타분하다고 여길지 모른다. 하지만 그 고리타분함이 아리스토텔레스가 말했듯 인간들이 사는 방식 속에 존재하는 좋음이 무엇인지를 끝끝내 묻고자 하는 힘일 수 있다. 그래서 그는 좋음을 판단하는 기준을 "소 닭 보는 무관심"인지, "물렁한 버무림"인지, "반쯤 눈감은 반투명"인지, "반응하는 탄력"인지, "공과 사의 유연한 틈"인지 되묻는다. 그것은 좋음을 판단하는 기준이 단일하지 않음을, 그래서 우리의 통념으로는 좋음을 말할 수 없다는 회의이자, 좋음을 '인간적 맥락'에서만 파악해서는 안 된다는 깨달음이기도 하다.

그의 시는 이렇게 당연한 믿음에 질문을 던진다. 그것은 때로는 의도적 오독으로 이어지기도 하는데 「우는 꽃」은 이러한 독해의 미끄러짐이 무엇을 지향하는지 잘 보여준다.

뭇을 꽂으로 읽은 적 있다

한참을 그렇게 읽었다
뜻이 커졌다 오독이 은유가 되었다

그 후로 꽃을 보면 우는 것 같았다

꽃을 哭이라 한들
哭을 꽃이라 한들

꽃을 哭으로 읽으면
꽃은 세상을 위한 곡쟁이가 되고

哭을 꽃으로 읽으면
우는 세상이 환한 서천꽃밭 같다

哭을 매단 꽃
꽃을 둘린 哭

늘 흔들리는, 흔들리며 우는

사람이라는 꽃
사람이라는 哭

—「우는 꽃」 전문

뭊을 꽃으로 읽는 것은 명백한 오류다. 그런데 김형로는 그런 오류가 "뜻이 커"지고, 하나의 "은유가 되었다"고 말한다. 뭊을 꽃으로 읽는 순간, 꽃은 울음이 되고, 뭊은 꽃이 된다. 이것은 의미의 인과관계를 해체하고, 그것을 새로운 의미로 만들어가는 힘이 된다. 그래서 "꽃을 뭊으로 읽으면/ 꽃은 세상을 위한 곡쟁이가 되고", "뭊을 꽃으로 읽으면/ 우는 세상이 환한 서천꽃밭 같다"고 말할 수 있다. 오독은 기호와 기표의 자의적 관계망을 흔들고 새로운 은유로 확산되는 바, 그것은 사람이 곧 꽃이며, 사람이 곧 뭊이라는 진술로 나아간다. 울음이 꽃이 되고, 꽃이 울음이 되기 위한 의도적 오독 속에서 "늘 흔들리는, 흔들리며 우는", "사람이라는 꽃"과 "사람이라는 뭊"이 동시에 놓이게 된다. 이 시는 김형로의 이번 시편들을 이해하는 데 중요한 지렛대라고 할 수 있다.

'뭊'은 울음이며, '꽃'은 그저 꽃일 뿐이다. 지시적 의미로는 도저히 병치될 수 없다. 하지만 시인의 말처럼 "오독이 은유가 되"는 순간, 분명하고 자명한 의미망들은 균열한다. 이는 하나의 의미를 고정된 실체가 아니라 끊임없이 미끄러지는 유동적인 존재로 간주하는 것이며, 이를 통해 새로운 은유의 세계를 구축하기 위한 방법론이다. 꽃이 울음을 매달 수 있고, 울음이 꽃을 두를 수 있는 이유가 여기에 있다. 울음이 꽃이고 꽃이 곧 울음이다. 둘

이면서 하나이며 하나이면서 둘인 세계. 하여 사람으로 산다는 일이란 그렇게 끊임없이 흔들리며 때로는 꽃이 되기도 하고, 울음이 되기도 하는 것인지 모른다. "사람이라는 꽃"과 "사람이라는 哭" 사이에서 김형로는 기꺼이 미끄러진다. 그의 미끄러짐은 세상을 곡해하거나 의도적으로 외면하기 위한 자기방어가 아니다. 그것은 우리 시대가 망각해버린 은유, 우리에게 필요한 은유가 과연 무엇인가를 묻는 질문이다.

3. '슬쩍'의 윤리

질문이 달라지면 답이 달라진다. 해답은 연속된 질문의 과정이 만들어낸 우연한 결과인지 모른다. 오독이 만들어내는 은유의 가능성을 타진하면서 그는 우연하지만 마땅한 일들이 무엇이었는지 말한다. 그것을 잘 보여주는 것은 「슬쩍」이다. 여기에서 그는 한국 현대사의 굵직한 장면들을 떠올리면서 세상을 견디는 힘이 어디에 있는지를 보여준다.

"부정 투표를 고발했다 영창에 갇힌 육군 중위"에게 "헌병이", "슬쩍 밀어넣고" 간 쪽지나, 부마항쟁 때 경찰에 쫓긴 대학생을 숨겨주었던 술집의 일행들, 그리고 "자

식 잃은 에미"에게 "슬쩍" 둘러준 "목도리", 혹은 광주항쟁의 그 밤 "도청 담을 넘어 주택의 지붕을 타다", "삭은 슬레이트와 함께 떨어진 어느 집 안방"에서 주인이 "슬쩍, 옷장을 열어주던" 순간들. 거창한 구호나 목청 높은 항변이 아니라, 그저 "슬쩍", 아무렇지도 않게 마음을 열어준 시간들이야말로 그의 질문이 향하는 하나의 과녁이다. "짱돌 든 사람 없"고 광장은 텅 비어버린 지금, 그는 '슬쩍의 힘'으로 "순정했던 온몸"을 갈구한다.(「어디 없나」) 아무렇지도 않게 슬쩍, 목소리 높이지 않고 조용히, 순정하게 온몸으로 살아내야 하는 시간. 그것이 그의 질문이 찾아내는 과정의 진실이라면 그것을 '슬쩍의 윤리'라고 명명할 수 있으리라. 그것은 어쩔 수 없었다는 자기 합리화가 아니라, '별것 아닌 선의'에 대한 믿음이다. 자기 입증이 넘쳐나는 시대에, 자기연민과 위안만으로는 모두의 실패로 끝날 수밖에 없다는 인식, 그래서 그는 '슬쩍'의 연대를 실천하는 것이 우리 시대에 필요한 '별것 아닌 윤리'이자 '슬쩍의 힘'이라고 말하고 있다. 그것은 아무렇지도 않고, 평범하고 터무니없이 작은 행동이지만 결코 잊을 수 없는 실천이자, 시간을 견디는 힘이다. 그런 순간을 그는 '엇박의 순간'이라고 말하고 있다.

그날이라고 말하는 그런 날

하나둘 있을 것이다
아무런 고리 없이 까닭 없이 불쑥
떠오르는 어떤 사람
어떤 기억
어떤 스침
온몸으로 솟구치는 것이다

사는 건 그날이 하나둘 똬리를 트는 일

길을 가다 문득 서게 만드는
그런 사람
그런 순간들, 그런 일들

그런 엇박의 사람들

—「그런 사람」 부분

'슬쩍', 아무렇지도 않은 행동 하나가 "어떤 기억"으로 "어떤 스침"으로, "온몸으로 솟구치는 것"은 '슬쩍'이 역설적으로 얼마나 단단한 실천인지를 보여준다. 그것은 "길을 가다 문득 서게 만드는" 정지의 힘이자, "그런 사람"과 "그런 순간"을 끊임없이 기억하게 하는 강렬한 각인이다. 슬쩍의 윤리를 살아간 사람들을 그는 "그런 엇박

의 사람들"이라고 말한다. '엇박'은 반복을 흔들고, 시간을 거스른다. 조화를 인정하지 않는 창조적 개입이다. 불화와 분열의 '엇박'이 질서를 거스를 때 비로소 슬쩍의 윤리가 만들어진다. 그것은 그의 윤리관이 선형적이며 인과론적인 관계가 아니라 '슬쩍'이라는 우연한 실천이 '엇박'을 만들어내고, 그런 '엇박'이 '슬쩍'의 시간을 만들어내는 순환적 관계임을 보여준다. '슬쩍'과 '엇박'이 서로를 좇을 때 "그런 사람"과 "그런 순간"들은 일회적인 우연이 아니라, 끊임없이 우리를 윤리적 시간으로 이끌어가는 힘이 된다. 그래서 그가 말하는 '슬쩍'이란 연약한 실천이 아니다. 아무렇지도 않고, 평범하고 터무니없이 작은 행동이지만 그것은 어떤 결연한 행위보다 강하다.

그래서 그는 한층 확고한 태도로 "최후의 자세"를 말할 수 있다. 그것은 "세상의 끝에는/ 꽉 다문 입으로 몸을 뒤틀며/ 더러는 할 말 남은, 못 닫은 입으로 가야 할 시간"과 마주하는 시간이다. 그것은 "비틀린 말과 행동을 굽어보"는 순간이자 "굴비를 보며/ 최후의 자세를, 못다 한 말을 생각하"는 순간이다. 그 순간을 그는 "그때쯤 당신은 인생 제법 산 사람/ 굴비가 될 자격이 있는 사람"이라고 말하고 있다. 그가 말하는 사람의 자격이란 "결코 비굴하고 싶지 않아 이름을 거꾸로 뒤집어쓴/ 죽어서도 죽은 것만은 아닌 싸늘한 멸/ 다하지 않은 사라짐을 볼 자격이 있

는 사람"(「굴비」)인 것이다.

'슬쩍의 윤리'란 그런 것이다. 거창한 구호나 요란한 목청이 아닌, 그렇게 슬쩍 사람의 일을 하는 것, 사람답게 슬쩍 사람으로서의 실천을 하는 것, 김형로는 그렇게 사람의 일을, 사랑의 일을, 사람의 실천이 우리 시대의 윤리라고 말하고 있다. 그것은 "짱돌 든 사람 없"고, "광장은 비"어버렸고, "순정했던 온몸들"(「어디 없나」)은 사라진 시대, 모멸을 견디는 그만의 방식이기도 하다.

4. 기억이라는 역동

김형로의 시편에서 또 주목할 부분은 제주 4·3항쟁과 광주항쟁을 다룬 일련의 연작들이다. 부산 출신인 그가 광주와 제주에 주목하는 이유는 무엇일까. 사실 외부적 시각에서 광주와 제주의 시간을 바라보는 일은 쉽지 않다. 자칫 소재적 관점에 머물거나, 역사적 사실의 무게에 매몰될 가능성이 크기 때문이다. 이런 우려에도 그는 광주와 제주 연작을 이어가고 있는데 그것은 그의 시편들이 사실의 재현이 아닌 다른 무엇을 지향하고 있기 때문이다. 그 지향점이 무엇인지를 살펴볼 수 있는 작품 중 하나가 「보리밭에서 푸른 하늘을—김대진」이다.

봄날 보리밭 지날 때면

혁명은 제쳐놓고

보리밭에 잠들었던 산사람 생각난다

(…)

봄날 보리밭 보면

느 것 나 것 없는 좋은 시상 올 거우다 산으로 들어간

젊은 애비가 생각난다

보리 이삭 훑어 호주머니 채우고

흔들리는 푸른 하늘 바라보던

꿈꾸듯 살다 간 한 청년을 생각한다

(…)

보리왓은 볼 수가 없어요 유월쯤 보리가 누렇게 익을 때면 몸서리치는 그리움에 나는 앓아요 바람에 보리가 이러저리 물결칠 때는 그 사이로 아버지가 앉아 있을 것 같았지요 세월에 잊지 않는 장사 없대도 그 강렬한 노란색은 잊을 수 없어요

맨 처음 하르방 할망이 끌려갔어요 저는 무서워 담고망으로 보고만 있었지요 그때 내 나이 열 살 집 밖으로 나가더니 총소리가 났어요 겨울이었는데 집 근처 빈 보리밭에서 총을 쏘아버렸지요

닷새 뒤에는 엄마가 청년들에게 잡혀갔지요 외할머니에게 우리 애기 잘 키와줍서, 잘 키와줍서 그 말 남기고 갔어요 지서 앞 밭에서 총 맞았다는데 한 번에 안 죽이고 데굴데굴 구르다 땅을 긁어 손톱이 다 빠져버렸대요

그 모든 게 아버지 때문이라 했지요

아버지가 산에 들어가기 전날 저녁이었어요 아버지가 저를 무릎에 앉혀서 구구단 가르쳐주었어요 우리 딸 잘 외완 착하다 그 말이 제가 들은 마지막 목소리였어요 다음날 아버지는 없었지요

소문이 산에도 퍼졌겠죠 집에는 못 오고 진드르 우리 집 보리밭 생각났겠지요 보리 벨 때면 누구든 만날 수 있겠구나 생각했겠죠 산에서 언 몸 봄 햇살 맞으니 그만 잠들고 말았겠지요 경찰의 추격을 받고 몇 걸음 못 가 쓰러졌대요

관덕정에 사흘을 세워놨답니다 겨우겨우 화장 날 알아내 재 한 줌 가져왔지요 누가 진드르 보리밭에 갔더니 보리 이삭을 훑어놨다 합디다 거친 보리 쟁여 넣은 아버지 생각하면 쌀밥은 먹을 수가 없어요

이모도 외삼촌도 동생도 죽고 저 혼자 살아남았어요 이런 일 다시 생긴다면 제가 먼저 죽어버릴 거우다 이 짐승 같았던 세상…… 소왕가시보다 더 무섭고 아픈 세상, 다시는 살 구경 아녀우다

김대진은 1948년 4월 15일 인민유격대의 조직부가 개편될 때 군사부 부대장을 지냈던 인물이다. 김대진의 행방에 대해서는 오랫동안 제대로 알려지지 않았다. 제주 4·3연구소가 펴낸 『이제사 말햄수다』에는 1948년 가을에 토벌대에게 체포되었다는 증언도 있고 1949년 봄 신촌 보리밭에서 특공대에게 사살되었다는 증언도 있다. 김대진의 혈육인 딸 김낭규는 아버지의 죽음에 대해 1949년 봄 신촌 보리밭에서 사살되었다고 말한 바 있다. 제주 4·3 진상 규명 과정에서 인민유격대 출신들의 존재는 여전히 문제적이다. 제주4·3특별법이 제정된 직후 보수 단체들은 헌법재판소에 특별법에 대한 위헌 소송을 제기했다. 2001년 헌법재판소는 그들의 소송에 대해 각

하결정을 내렸지만 문제는 헌재의 부대 의견이었다. 헌재는 4·3 희생자 결정과 관련해서 "자유민주주의적 기본 질서와 이에 부수되는 시장경제 질서 및 사유재산제도를 반대한 자 정도를 발표 희생자 결정 대상에서 제외해 나가는 방법을 채택하는 것"이 헌법의 이념에 부합하다고 판단했다. 즉 남로당 제주도당의 핵심 간부는 희생자에서 제외되어야 한다는 판단이었다. 헌재의 이 결정은 이후 제주 4·3 희생자 선정의 기준이 되어버렸다. 군사부 부대장을 지냈던 김대진은 당연히 희생자에 포함되지 못했고 여전히 그의 이름은 잊혀졌다. 4·3 당시 수형인에 대한 군사재판의 직권 재심에서 법원이 무죄 선고를 내리는 와중에도 김대진을 비롯한 '산사람'들은 여전히 기억의 외부에 존재하고 있는 것이다.

사실 제주 4·3에 대한 기존의 시편들이 4·3의 비극성에 주목한 것은 사실이다. 그런데 김형로는 제주4·3진상규명운동의 마지막 열쇠가 될 수도 있는 이른바 배제된 존재를 적극적으로 호명한다. 그리고 그 호명의 방식이 증언을 적극적으로 차용하면서 이뤄지고 있다. 이는 그의 4·3 연작들이 단순히 사건의 재현이 아니라 기억의 문제에 방점을 두고 있다는 사실을 보여준다. 특히 외부인의 입장에서 제주어를 시적으로 구현한다는 게 쉽지 않음에도 불구하고 제주어를 적극적으로 활용하고 있는

대목은 그가 주목하고 있는 기억의 문제가 결국 언어의 문제라는 사실을 보여준다.

일찍이 현기영이 「순이 삼촌」에서 8년 동안 고향을 찾지 않았던 주인공이 귀향을 하면서 가장 먼저 잃어버렸던 고향의 말을 발견하는 장면을 써 내려갔던 것처럼, 김형로는 억압된 과거를 기억하기 위해서는 언어의 발견이 필요하다는 점을 분명히 간파하고 있는 것이다. 이러한 시도들은 4·3뿐만 아니라 광주 연작의 진정성을 담보하고 있는 것이라고 봐도 무방하다.

제주4·3평화문학상을 수상한 시 「천지 말간 얼굴에 동백꽃물 풀어」에도 이런 그의 지향점은 분명하다. "그해 남쪽 섬/ 붉지 않은 바위 셔낫던가/ 돌아앉지 않은 꽃 이서낫던가"라며 제주 4·3의 순간을 소환하면서 그는 설문대 신화를 4·3 당시 타올랐던 봉홧불의 이미지로 이어간다. "설문대할망 다리를 놔줍서/ 한라에 봉화 오르면/ 웃밤애기 알밤애기 오름마다 불을 받고/ 벌겋게 섬이, 달마저 붉게/ 백두에도 불 오르는 통일의 그날/ 호랑이도 곰도 느영 나영 춤을 추고/ 사름이 사름으로 살아지도록 신명나게 놀아봅주/ 좋은 싀상 우리 같이 살아도 봅주". 이러한 시적 진술은 제주 4·3을 역사적 사건으로 재현하는 것이 목적이 아니라 그것의 의미를 현재적 관점에서 해석하고자 하는 적극적 의지의 표현이다.

이러한 의지는 조천읍 와흘리 이장과 인민위원장을 지냈고 이덕구 사령관이 체포된 이후 남아 있는 인민유격대를 수습해, 사령관이 된 김의봉의 사연까지 아우르게 된다. 각명비에 이름이 새겨졌지만 앞서 말한 헌재의 부대 의견으로 희생자에서 철회된 인물, 김의봉. 김형로는 그를 "이름을 잃"어버린 존재로, "살아서는 버렸고", "죽어", "지워"진(「지워진 이름—김의봉」) 이름으로 소환한다. 그것은 잊힌 이름을 기억하는 일이 사람의 일임을, 그것이 슬쩍의 힘으로 끝내 붙잡아야 하는 윤리임을 보여준다.

광주를 다룬 연작에서도 이런 경향성은 일관되는 바, 그는 "광주를 광주답게 만든 것은 어머니들이었다"면서 그것을 "처음엔 무서워 달아났지만/ 분노가 두려움을 덮은 임계의 순간", "사람을 내 품의 새끼로 거둔 말"(「내 새끼를 왜 이러냐고」)이라고 말한다. 어미가 자식을 품는 일이 천륜이다. 하지만 폭력은 그 당연한 의무조차 두려움으로 만들어버린다. 하지만 사람이기에 사람의 일을, 할 수밖에 없고, 사람이기에 사람을 품을 수밖에 없다. 그래서일까. 사람의 윤리를 묻는 그의 질문은 스스로를 향하기도 한다.

"그때 만약 금남로에 있었다면/ 도청으로 걸어 들어갈 수 있었을까 나는"이라고 물으며 그는 "핏빛조차 삼켜버린 칠흑 어둠/ 쓰러지는 형제들 곁에 누울 수 있었을까"

라고 되묻는다. 이런 질문의 행위가 "시를 쓰면서 나에게 던진다"(「너는 도청에 남았겠냐」)라는 대목은 심상치 않다. 그것은 질문이 질문으로 끝나는 것이 아니라, 행동하면서 하는 질문이자, 질문하면서 행동해야 하는 것임을 잘 보여준다.

그는 질문이 행동으로 이어지지 않고, 행동이 질문으로 이어지지 않은 것들을 "유령"이라고 규정한다. 세월호의 죽음이 단독의 사건이 아니라 "지하철 스크린 도어에, 공장의 컨베이어 벨트에, 육중한 기계의 아래나 그 사이에, 건물 높다란 외벽에, 거대한 정화조에, 지하 물류창고에, 좁다란 골목길에" 여전히 존재한다는 사실 앞에서 그는 우리의 침묵이 "유령"을 만드는 하나의 방조라고 생각한다. 그렇기에 그는 우리의 기억이 습관적인 애도가 되지 않기를, "살아남은 사람"이 "그의 얼굴과 이름을 여전히 알지" 못하는(이상, 「그러나 유령 아닌 것들」) 기억의 부재를 통렬하게 꾸짖고 있다.

그의 시편들은 기억이 명사가 아님을, 기억은 기억하는 행위로 기억되는 역동임을 웅변하고 있는 것이다. 그것은 기억이 단순히 흐르는 시간을 곱씹는 복기가 아니라, 기억을 언제나 새로운 기억으로 탄생시키는 창조이다.

삶창시선

1	山河丹心	—이기형
2	근로기준법	—육봉수
3	퇴출시대	—객토문학 동인
4	오래된 미신	—거미 동인
5	섬진강 편지	—김인호
6	늦은 오후에 부는 바람	—젊은시 동인
7	아직은 저항의 나이	—일과시 동인
8	꽃비 내리는 길	—전승묵
9	바람이 그린 벽화	—송태웅
10	한라산의 겨울	—김경훈
11	다시 중심으로	—해방글터 동인
12	봄은 왜 오지 않는가	—이기형
13	거미울 고개	—류근삼
14	검지에 핀 꽃	—조혜영
15	저 많은 꽃등들	—일과시 동인
16	참빗 하나	—이민호
17	꿀잠	—송경동
18	개나리 꽃눈	—표성배
19	과업	—권혁소
20	바늘구멍에 대한 기억	—김형식
21	망가진 기타	—서정민 유고시집
22	시금치 학교	—서수찬
23	기린 울음	—고영서
24	하늘공장	—임성용
25	천 년 전 같은 하루	—최성수
26	꽃과 악수하는 법	—고선주
27	수화기 속의 여자	—이명윤
28	끊어진 현	—박일환
29	꽃이 눈물이다	—강병철
30	생각을 훔치다	—김수열
31	별에 쏘이다	—안준철
32	화려한 반란	—안오일

KB053860